V

Youp van 't Hek

Wie verstaat er Kips?

2011
Uitgeverij Thomas Rap

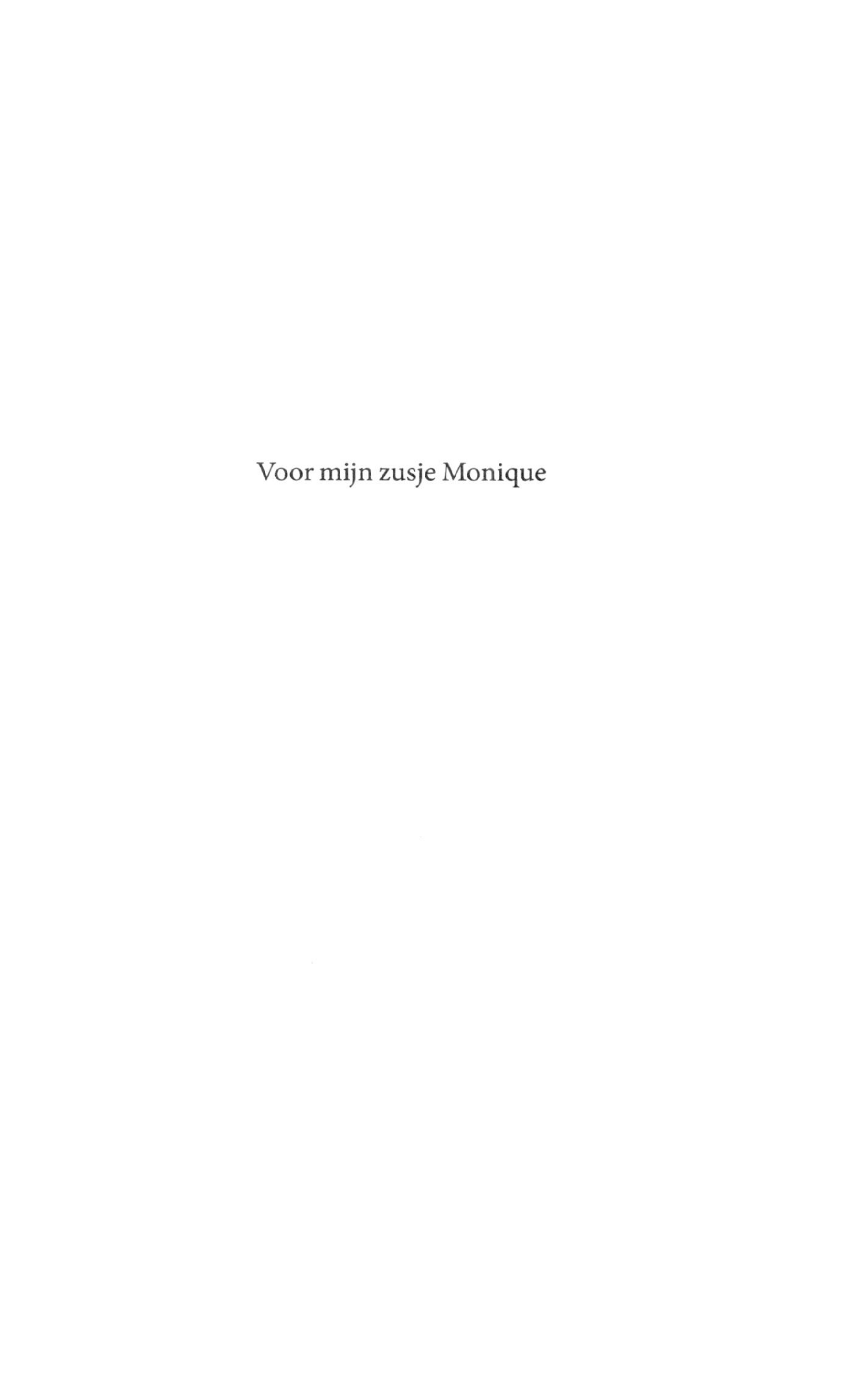

Voor mijn zusje Monique

Inhoud

Voorwoord

Vrijdagochtend ga ik zitten. Zitten voor de column. Bepakt en bezakt met het nieuws van die week. Het hete en het minder hete nieuws. Pas dan, die ochtend, beslis ik wat het onderwerp wordt. Niet eerder. En vaak wissel ik die dag nog een keer of drie van onderwerp. Gewoon omdat ik er niet uitkom of omdat ik het te voorspelbaar vind of dat ik er die ene draai niet aan kan geven of omdat het niet grappig genoeg is of omdat ik niet echt boos ben of juist te boos of omdat het onderwerp al afgekloven is door collega's of... Zoveel redenen om te zoeken, opnieuw te beginnen, om te gooien. Al jaren kan ik mezelf redelijk volgen, maar niet op de ochtenden dat ik deze stukjes schrijf. Het stukje dat op iedere zaterdag achter op NRC *Handelsblad* staat. De bedoeling is dat de columns met vrolijkheid geschreven worden. Ik kan u verklappen dat ze ook met vrolijkheid geschreven worden. Veel vrolijkheid zelfs. Ik ga er dan ook nog een tijdje mee door. Het volgende boekje is alweer onderweg.

September 2011
Youp van 't Hek

Verdubbelen

Eerlijk gezegd begrijp ik nooit waarom die Tijs van den Brink een keer of tien per uitzending kijkt alsof hij zojuist een hapje giraffendiarree heeft moeten doorslikken. Wat gebeurt er met deze man als hij zo'n griezelgezicht trekt? Denkt hij aan orale seks met een wurgslang? Kan hij toch niet zo goed tegen die Knevel? Of zijn het zijn gasten? Afgelopen dinsdag trok ik tijdens zijn uitzending zelf ook even zo'n gezicht. Dat was op het moment waarop Robin Linschoten over het halveren van de ontwikkelingshulp begon. Hij wist uit onderzoek dat de helft van de huidige hulp niet op de juiste plek komt en dat het daarom volkomen terecht is dat het bedrag dat wij daar jaarlijks aan spenderen gehalveerd wordt. Hij zegt dat op een moment dat het Indiase en Pakistaanse regenwater uit onze televisies gulpt, maar dit terzijde. Als je het halveert komt volgens mij nog maar een kwart op de juiste plek. Dus moet je het niet halveren, maar juist verdubbelen. Waarom zegt deze meneer niet gewoon dat er aan de corruptie iets gedaan moet worden? Dat de bedragen beter gecontroleerd moeten worden!

Maar je gaat sloebers die door de God van Andries en Tijs meedogenloos in de steek worden gelaten, toch niet korten op hun drie korrels rijst? Hoe durf je dat te zeggen? Hoe krijg je het uit je liberale bek?

Voor de grap heb ik die Linschoten even gegoogeld. Want waarom zit hij daar? Waarom hangt hij de autoriteit uit? Wat doet de schat tegenwoordig? Welk recht van spreken heeft deze dwaas? Het enige wat ik weet, is dat hij lid van de SER is en dat hij jarenlang commissaris bij Dirk Scheringa was. Sterker nog: hij heeft bij deze woekeraar zelfs nog een tijdje in de Raad van Bestuur gezeten. Als Chief Risk Officer! Geestige term in dit geval. Ook lief dat zo'n Wognums bankje dat soort moeilijke woorden gebruikte. Peter R. de Vries, expert in criminele zaken, herinnerde Linschoten er in dezelfde *Knevel & Van den Brink*-uitzending nog even aan, maar Robin ging hier heel wijselijk niet op in. Andries en zijn maatje ook niet.

Maar ik heb Robin dus even gegoogeld en had een fascinerend kwartiertje. Was eerlijk gezegd vergeten dat hij in 1996 als staatssecretaris eruit was gedonderd omdat hij de Kamer bedot had door een cruciaal rapportje te vertragen. Wat hij nu doet? Hij is consultant! Heerlijk onbeschermd beroep is dat toch. Meestal word je als consultant door een bedrijf of een overheidsinstelling ingehuurd om tegen een ordinair uurtarief heel laf de helft van het personeel eruit te flikkeren omdat de baas dat zelf niet durft. Iemand die ergens faliekant in mislukt is, vestigt zich daarna als consultant. Dat bord mag elke

blinde condoomprikker probleemloos op zijn huis spijkeren.
Maar nu Robin zijn nevenfuncties. Je gelooft je ogen niet. Hij is bijvoorbeeld erevoorzitter van de stichting Verkiezing Overheidsmanager van het Jaar! Daarbij is hij ook mede-eigenaar van het consultancybureau dat deze boeiende verkiezingen organiseert. Lief toch, als je dat op je geurvlaggenlijstje durft te zetten? Net als dat hij lid van de Raad van Advies van de Uitvaartspecialist is. Wat je dan adviseert? De gemiddelde hitte van de crematieoven? De hoogte van eventuele vriesdroogsubsidies? Gelukkig is een van zijn vele bijbaantjes voorzitter van de Commissie Innovatie Mondzorg. Zorg je dan dat de gemiddelde Nederlander niet te veel uit zijn straatje meurt? Of dat hij geen misdadige dingen over ontwikkelingshulp zegt? Zeker niet als je als bestuurslid van de DSB honderdduizenden mensen moedwillig genaaid hebt en op de rand van de financiële afgrond hebt gebracht.
Robin, als je maar met één ding bezig bent en dat is het vullen van je eigen zakken, hou dan je mond over mensen die creperen. Zwijg over sloebers die krijsen van honger en dorst. Schaam je met je drieëntwintig betaalde nevenfuncties. Kijk in de spiegel en vervang het woord halveren keihard door verdubbelen. En zeg niet dat je niet weet hoe je dat moet doen!

Sterke verhalen

Prachtige beelden deze week van een dolle stier die in een Spaanse arena de tribune op springt en het publiek de stuipen op het lijf jaagt. Gelukkig waren er ook een paar gewonden. Ik word daar op de een of andere manier vrolijk van. Vooral van die gewonden. Wat is het nut van stiertje treiteren en het arme dier langzaam radeloos laten doodbloeden, terwijl een meute zich amuseert door *olé* te roepen? Voorstanders bazelen altijd over eeuwenoude tradities die moeten blijven bestaan. Dat is het stenigen van overspelige vrouwen in enge moslimstaten ook. Nee, mooie wraak van die stier en een heroïsch slot van zijn stierenleven. Van wie zal hij de reïncarnatie zijn geweest? En als wat keert hij binnenkort terug op aarde?
Heb deze week mijn zolder opgeruimd en dat is sinds het drama in het Friese Nijbeets een spannend klusje. Voor de zekerheid toch maar even met de lege koffers gerammeld. Blijft toch wel een van de sterkste verhalen die ik ken. Vier kinderen baren en ombrengen zonder dat je ouders iets merken. En als ze nou in een paleis met zeventien kamers woonden... Gezellig communicatief ge-

zinnetje! Wel weer opgetogen dat de buurt van deze arme mensen deze week die tyfuszooi aan knuffels en kaarsjes heeft opgeruimd. Wat is er toch in ons gevaren dat we bij wildvreemde mensen een teddybeer aan het hek gaan hangen omdat er in dat huis iets verschrikkelijks is gebeurd? Sowieso is er een soort volslagen debiele knuffelcultuur. Hard rijdende schaatsers worden na een overwinning bedolven onder de meest debiele speelgoedbeesten. Goed betaalde popsterren krijgen tijdens het zingen van hun hitje die pluchen dingen met honderden tegelijk naar hun kop gegooid. Waarom? Die dingen zijn toch voor baby's? Waar ging het mis met ons allemaal? Massaal mis?
Aan het eind van de voorstelling krijg ik ook nog wel eens een bosje bloemen en vaak zijn dat goed bedoelde, maar heel lelijke boeketten. Vroeger liet ik ze nog wel eens in mijn kleedkamer liggen, maar tegenwoordig neem ik ze mee en prik ik ze onderweg ergens lukraak in de vangrail of leg ze onder een boom in een flauwe bocht. Als ik de volgende dag naar hetzelfde theater rijd, kijk ik wat er mee gebeurd is. Meestal liggen er al een paar bosjes naast, branden er een stuk of wat waxientjes en staren een paar knuffels me scheel aan. Het bermmonumentje voor de onbekende automobilist! Ik krijg er steeds meer lol in. Nu ik deze zomer vrij was, heb ik regelmatig een zelf gekocht bosje ergens gedrapeerd en ja hoor... binnen vierentwintig uur was het raak. Ook stonden er regelmatig wildvreemde mensen treurig bij te zwijgen. Ik mocht me daar graag bij aansluiten en verdrietig stamelen: 'Erg hè?'

Een sterk verhaal stond deze week op een advocatensite. Twee jaar geleden schijnt een partner van de juridische dienstverlener DLA Piper bij een klant de verkeerde USB-stick in een laptop geduwd te hebben en in plaats van allerlei saaie grafiekjes over belastingvoordeel, kregen de medewerkers van deze klant, Orangefield Trust, keiharde porno voor hun kiezen. En het bleek dat de slideshow niet te stoppen was. Dus alle foto's moesten worden geconsumeerd. Ik vind dat zó geestig. Tijdens dat soort presentaties zit meestal de hele zaal aan porno te denken, dus eigenlijk komt het wel goed uit. Het verhaal vertelt niet of het van pornosites gejatte plaatjes waren of dat we de belastingadviseur zelf dampend aan de gang zagen. Dat laatste zou natuurlijk het leukste zijn. Wie van de partners zal het zijn? Dat wil iedereen natuurlijk weten. Lijkt me voor de anderen binnen dat bedrijf ook redelijk ingewikkeld. Dat je steeds tegen een klant lacherig moet zeggen: 'Ik was het niet hoor!' Of dat je als belastingadviseur van DLA zonder blozen over aftrekken moet beginnen. De woordspeling DLA Pijper durf ik hier niet te maken. Die gonst waarschijnlijk al door het advocatenwereldje en ik vrees dat ze die naam niet gemakkelijk meer kwijtraken. Nooit meer zelfs!

Pretpark Amsterdam

Zullen we ergens in de polder Pretpark Amsterdam bouwen? Een stuk of wat grachten aan een namaak-IJ met een kopie van de Dam waarop een zinloos Koninklijk Paleis staat, verder een paar dwarsgrachten met hoeren achter de ramen, hier en daar wat dampende en heiende bouwputten met daarnaast treurig scheefgezakte huisjes en geen enkel museum. En dan? Dan mogen mensen daarheen om feest te vieren. Iedere dag een ander thema. Op dinsdag doen we bijvoorbeeld Koninginnedag, op woensdag een zogenaamd Bevrijdingsfestival, donderdags gaan er bootjes met joelende homo's door de grachten, op vrijdag vaart er een voetbalploeg met lege handen, op zaterdag is er een Prinsengrachtconcert voor de kakkers en op zondag is het Sail. En maandag? De wekelijkse Uitmarkt! Succes verzekerd. Verder wat coffeeshops en een Bijenkorf die net als de andere winkels altijd open zijn zodat je je echt failliet kan shoppen. Ik verwacht grote drommen dikke mensen die in groepjes van tien met een lege blik in hun dooie ogen over de kades slenteren of roedels mensen die met een bel witte wijn en stampende muziek in een bootje staan te dansen. Volgens mij wordt het een groter succes dan de Efteling of Disneyland. Met joelende vrijgezellenpartijen langs bruine kroegen kan ook. Alles kan. Het is namelijk altijd feest in Pretpark Amsterdam.

En naast het pretpark komt een terrein waar we elke dag een ander festival vieren of waar een massa-artiest komt spelen. De ene dag is Rieu daar, de volgende dag de Toppers en verder vullen we het in met Pinkpop- of Lowlandsachtige thema's. Als de mensen maar dicht op elkaar kunnen staan, liefst tegen elkaar geplakt zodat ze elkaar ook goed kunnen ruiken. Die heerlijke massale okselgeur als al die tienduizenden armen op bevel van de optredende zanger of band tegelijk de lucht in gaan. Heerlijk.

Paar verplichtingen: je moet een tatoeage hebben. Liefst een aantal. En vooral confectietatoeages. Van die dingen die iedereen heeft. Chinese tekens, een spinnenweb rond je elleboog, een vlinder op je rug of de naam van je favoriete voetbalclub op je kuit. Verder is, weer of geen weer, bij mannen de korte broek verplicht en een overhemd of T-shirt verboden. Bloot bovenlijf met liefst zoveel mogelijk inkt! Bij vrouwen hoort een te nauw topje. Ook als je last hebt van overgewicht en het lillende, witte vlees over je veel te strakke legging blubbert? Juist dan! Zie er vies, afstotelijk en zo onaantrekkelijk mogelijk uit. Dan val je het minste op.

Belangrijk is dat je altijd iets te eten en te drinken in je handen hebt. Bij voorkeur iets alcoholisch. Lauw bier dat

op een glas pis lijkt. Of een bacardi-cola. En ook verplicht: vroeg mee beginnen. Liefst al om tien uur 's ochtends. Het is tenslotte feest! Dus je komt het park binnen en dan krijg je al een beker met drank in je hand. Je andere hand heb je dan vrij voor een frietje, broodje of een portie haring.
Chagrijnig kijken geniet ook de voorkeur. Diep ongelukkig voor je uit staren van het begin af aan. Niks te vieren! Gewoon in drommen sjouwen. Met tegenzin slenteren. Moe kijken, moe lopen, moe eten en moe drinken.
Ik voorspel dat Pretpark Amsterdam een wereldhit wordt. Een onbedaarlijk succes. Gewoon met een meute doelloos dolen, quasi blij joelen naar andere losers in voorbijkomende bootjes, de hele dag eten en drinken plus dat je er zo onappetijtelijk mogelijk uit mag zien. Mij lijkt het heerlijk. Misschien is het ook aardig om er wat hotels omheen te bouwen. Dit voor de mensen die twee festivals en drie themadagen achter elkaar willen. Dat je gewoon een week kunt onderduiken in het feestgedruis. De themakleding kan je huren bij de ingang. Dus je kunt als leatherboy op de homodagen, als oranje sinterklaas op Koninginnedag en dat pak kan je aanhouden als het voetbalelftal zonder beker in een rondvaartboot langskomt.
Of ik de doorlopende kermis hier, in het echte Amsterdam, dan zal missen? Wat denkt u zelf?

Roomse rukkers

De Belgische kardinaal Godfried Danneels probeerde de misdaad van zijn vriendje Roger Vangheluwe, die vieze bisschop van Brugge die zijn minderjarige neefje jarenlang seksueel misbruikt heeft, in de doofpot te stoppen. Dat legde hij later weer uit als een soort paniekvoetbal. Het grappigste van de zaak vind ik dat diezelfde kardinaal Danneels ruim twee jaar geleden een grote bek had over de zelfgekozen dood van de aardige schrijver Hugo Claus. De paarse jurk had daar ethische bezwaren tegen! Soms heb ik medelijden met God. Het moet toch verschrikkelijk zijn als je ziet dat je kerk door zo'n stelletje hypocriete viespeuken wordt bestuurd. Mannen die niet mogen neuken, terwijl dat toch een van de aangenaamste bezigheden op deze aardbol is. Oscar Wilde zei ooit: 'Ook al vinden ze iets nog lekkerders uit, ik zal het er altijd bij blijven doen!' En doen die mannen het ook inderdaad niet? Was dat maar zo. Als ze als volwassen kerels elkaar zo nu en dan een handje helpen in een donker hoekje van de sacristie vind ik het prima, maar dat misbruiken van die weerloze kinderen is zo stuitend. Aller-

hande onschuldige misdienaartjes worden donkere biechtstoelen in getrokken waar ze de meest smerige handelingen onder de pij moeten verrichten. En als dit soort zaken nou een uitzondering was, maar het is schering en inslag. En in plaats van dat de paus vloekend en tierend vanaf zijn balkonnetje regelmatig tekeergaat tegen deze misstanden moeten de excuses bijna uit die man gemarteld worden. Met heel veel diplomatieke omhaal wil de Heilige Vader na lang aandringen er wel eens iets heel summiers over zeggen. Maar onmiddellijk daarna staat een batterij priesters klaar om te vertellen dat het eigenlijk allemaal nogal meevalt. En het valt dus níét mee. Het is verschrikkelijk. Het is zelfs zo erg dat ik, zeker na de zaak-Vangheluwe en -Danneels, mijzelf betrap op het officieel willen verbieden van de r.-k. kerk. Keihard sluiten, die tenten met hun torens.
Dichtspijkeren die handel. Het is gewoon een criminele organisatie die door de celibaatregels aanzet tot seksueel geweld tegen onschuldige kinderen.
Negenhonderd mensen hebben alleen hier in Nederland al een soort aangifte gedaan. En ik weet zeker dat duizenden slachtoffers dat niet doen omdat de daders al dood zijn of omdat ze inmiddels medelijden met de bejaarde zwartrokken hebben.
En juist daarom vind ik het zo jammer dat de kabinetsformatie is geknald. Ik was zo blij met Maxime Verhagen, de eerste katholiek die niet schuwde om met een partij in zee te gaan die voor het afschaffen van achterlijke godsdiensten is. Het leek me een uitgelezen moment

om nu eindelijk die roomsen te vertellen dat het klaar is met hun smerige gedoe.
Daarbij: God bestaat niet en mocht-ie dat wel doen dan heeft hij niks met de schepping te maken. Stephen Hawking, toch niet de minste geleerde, heeft dat deze week ook weer eens verklaard. André Rouvoet schijnt inmiddels heel geestig getwitterd te hebben dat de professor met bewijzen moet komen. Nee, de bewijzen uit de sprookjesbijbel zijn lekker duidelijk!
Dus eigenlijk was ik wel voor het nieuwe kabinet. Mits Maxime consequent zou zijn geweest en niet alleen voor het verbieden van de islam is. Nee, wat mij betreft moeten alle geloven eraan geloven!
En vooral het geloof dat het meest elementaire, namelijk de seksualiteit, aan bepaalde groepen gelovigen ontzegt, waardoor de meest gruwelijke excessen met kinderen plaatsvinden. Excessen die ook nog eens door een kardinaal onder het tapijt worden geveegd. Die PVV was dus een goede keuze. Weg met de achterlijke godsdiensten. Maar helaas: het gaat dus niet door.
Komt er nog wel een CDA-congres of wordt die partij na deze onbegrijpelijke weken gewoon opgeheven? Dat de partij zo klein is dat het congres gemakkelijk bij Maxime in de achterkamer kan. Dat is uiteindelijk toch de kamer waar hij het liefst politiek bedrijft.
Wat er na twee maanden modderen van de partij nog over is? Een fractie.

Scharreleiceltoerisme

Toen ik las dat een neonazi zijn kwakje louter aan Arische dames wil afstaan, kwam ik al gauw tot het simpele woordje zaaddonazi. Werd ook vrolijk van het feit dat de man ook nog eens De Bruin heet. Maar volgens mij heeft De Bruin wel een beetje gelijk. Hij wil gewoon weten wat er met zijn zaad gebeurt. En daarin is hij geen uitzondering. Er schijnen ook veel negers te zijn die absoluut niet willen dat hun stijfsel in een blonde doos terechtkomt. Trouwens: als je het niet via de spermabank, maar gewoon heel ouderwets persoonlijk uitdeelt, kan je ook kiezen bij wie je het stort.
Vroeger deden katholieken het uitsluitend met katholieken en gereformeerden met gereformeerden. Dat moest zelfs van God. Schijnt dat een misdienaartje ooit aan de opgewonden bisschop vroeg of hij wel katholiek was, omdat hij anders problemen met zijn ouders zou krijgen. Dus volgens mij mag je aan de spermabank eisen stellen. Zouden pedo's ook voorwaarden mogen dicteren? En necrofielen?
Zoals de heer De Bruin wil weten wat voor kleur nako-

melingen hij krijgt, zo begrijp ik ook dat de moeder die het zaadje ontvangt iets meer wil weten van de vader. Wil je een kind van Joran van der Sloot? Of van mij? Dat je later aan de ontbijttafel zit met zo'n chronisch kwakend brilletje dat geen twee seconden zijn snavel kan houden. Een die ook nog eens tien keer per minuut denkt dat-ie geestig is! Je bent een vrouw en snakt naar kroost, maar je blanke echtgenoot is helaas onvruchtbaar.
Samen kies je voor een kredietje bij de spermabank. Dan ga ik er toch niet van uit dat je een buisje uit de vriezer met afhaalchinezen krijgt. Zoals je als donkere vrouw niet zit te wachten op een baby van een helblonde meneer met nogal enge denkbeelden. Dat je zoontje met het rechterarmpje strak omhoog ter wereld komt en dat hij later geen fikkie stookt met oude takken, maar dat hij eerst een stapel korans uit de plaatselijke moskee jat omdat die beter branden. Beide partijen hebben volgens mij recht op een keuze. En de wetenschap gaat natuurlijk verder: ik denk dat het niet lang meer duurt of je fotoshopt op je laptop een kind in elkaar, stuurt dat per mail naar de bank en de dienstdoend laborante stelt een leuke cocktail samen. Sproeten en ondeugende flaporen graag! Zal Maxime ooit wat op de spermabank gestort hebben? Dat je, als je uitlegt dat je als kind graag een rooms, gluiperig jokkebrokje wilt, je automatisch een buisje rechtsdraaiend Verhagen-sperma meekrijgt. En dat de dokter erbij zegt dat je er als ouders rekening mee moet houden dat de baby een wispelturige wentelkont kan worden. Een peuter die binnen drie dagen vier keer van mening

kan veranderen. Niet alleen van mening, maar ook van principes. Het beste is vier wiegjes in de babykamer zodat de zuigeling een paar keer per nacht kan overstappen.

En Job? Dat je als je een aarzelend, niet zo goed uit zijn woorden komend mannetje wilt dat je dan een zogenaamd Cohennetje meekrijgt. En dat de dokter er nog trots bij vertelt dat je moet uitgaan van een rustig kind dat nooit ruzie zal maken, maar op voorhand wel alle spelletjes verliest. En wat te denken van Mark? Je wilt een slim zwijgend kind dat na veel mislukkingen en heel lang wachten uiteindelijk precies krijgt wat het wil. Wel voor korte tijd omdat het door machtswellust verblinde kereltje niet doorheeft dat hij met totaal verkeerde vriendjes in zee gaat. Enge kereltjes die er uiteindelijk met de volledige buit vandoor gaan. Dat zegt de dokter er expliciet bij voordat hij een rietje Rutte uit de stikstoftank haalt. Ondertussen trekken de Nederlandse eiceltoeristes massaal naar Spanje. Zingende bussen dolen door Frankrijk richting de Pyreneeën. De zogenaamde Paashaas-Express. Mag je daar ook kiezen. Dat je vraagt om een eitje van een flamboyante flamencodanseres of van een wulpse *beachgirl*. Grappig als je er expliciet bij zegt: 'Iets stoers graag, geen ei!'

Lady Gaga

Wesley Sneijder en zijn vrouw Yolanthe slepen de AVRO voor de rechter omdat deze omroep een realitysoap van het glamoursetje had aangekondigd en dat bleek niet waar te zijn. Het ging om een parodie van het satirische programma *Koefnoen*. Je zal de rechter zijn die deze zaak moet behandelen. Krijg je twee van die humorloze miljonairtjes voor je neus. Wat moet je dan als rechter doen? De schatten uitleggen wat satire is? Ze rustig vertellen dat er, als je je drie dagen durende sprookjeshuwelijksceremonie aan de *Privé* en SBS verkoopt, een kans bestaat dat een paar cabaretiers een grapje met je uithalen? Of moet de magistraat ze een beter management aanraden? Vergiftigt geld het zicht op de realiteit? Beïnvloedt het je gevoel voor humor? Raar dat ze die viespeuk van een Albert Verlinde, die het Nederlandse volk als een geile bisschop naar hen liet loeren toen ze elkaar voorzichtig kusten in een Amsterdamse parkeergarage, nooit hebben aangeklaagd. Geld maakt mensen inderdaad niet gelukkiger.

Dat zie je ook aan zo'n Pietje Storms, die afgelopen dins-

dag voor een kwartiertje topamusement zorgde door zich te laten opfokken door beroepsbretel Jort Kelder. In het bijzijn van zijn sponsor Nina raakte het voormalige breekijzertje totaal de weg kwijt. Ik wist al, toen ik Pietje zag foeteren, dat het echtpaar nog een dag of wat zou nabriesen middels open brieven in het wakkere blaadje *De Telegraaf*. En dat gebeurde ook.
Aandoenlijk gesputter. Een vriend van het echtpaar, een zekere prof. dr. mr. Robert N.J. Kamerling, nam het in diezelfde krant ook nog voor ze op. Lief als je bij zo'n ordinaire ruzie schermt met je titeltjes, maar dit terzijde. Hij was de enige die tijdens de nazit van *De Wereld Draait Door* Pietje niet heeft zien meppen en dat wilde hij even kwijt aan het blaadje.
Hans Anders en Pearle hebben de professor inmiddels al een aanbieding gedaan. Het advies is: én lenzen én een bril!
Moet veel aan de exen van Pieter en Nina denken. Wat zullen ze gelukkig zijn. Ik ga ervan uit dat beide voormalige echtelieden ruimhartig zijn afgekocht en allebei in een mooie villa wonen. En daar kunnen ze regelmatig op de televisie zien hoe het met hun vroegere tierende geliefden gaat.
Pijnlijk lijkt het mij. Maar ook een opluchting. Wat zullen ze vaak bodemloos diep zuchten. Op een gegeven moment zie je je ex, die jaren werkte voor het derderangs kappersblaadje *Nieuwe Revu* en de campingzender SBS, op televisie vertellen dat hij bezig is met een essay over kwaliteitsjournalistiek. Aandoenlijk toch? Je hebt als ex

te doen met je kinderen, die nog regelmatig naar deze in zichzelf gelovende dwaas toe moeten, maar zelf dans je toch negen gaten in de ozonlaag? En dan houdt de vrolijke Jort hem een twintig jaar oud vonnis onder zijn neus. Tweehonderdduizend gulden heeft zijn werkgever ooit voor een slachtoffer van Pietje moeten dokken. Lief, hè? Zouden Pietje en zijn sponsor nou echt niet weten dat het hele land donkerblauw van het lachen over de grond kruipt?
Een paar dagen eerder was er een vrolijk en bijzonder toeval. Het popsterretje Lady Gaga verscheen op een of andere prijsuitreiking in een jurk van vlees. Zij was gehuld in een robe van carpaccio. Zij droeg vlees om op te vallen en ik moest aan die arme Nina denken omdat haar meisjesnaam Vleeschdrager is. Ik vond dat grappig omdat wij thuis Nina al jaren Lady Gaga noemen. En nu moet ik met deze column stoppen omdat ik weer de platenstudio in moet. Ik ben dag en nacht bezig met een rap van Pieter en Nina, waarin je Storms eigenlijk alleen maar 'Ik, een golddigger?' ziet zeggen. Telkens als hij het zegt steekt Nina haar beroemde duimen op. Op de achtergrond dansen Yolanthe en Wesley op het grote Koefnoenbed. Aanstaande maandag ben ik gast bij *DWDD* en ik heb Matthijs de primeur van de clip beloofd. De rechtszaak zal rond december dienen. Ik wens Nina, Wesley, Yo en Pietje maandag veel sterkte.

Oppasgrootouderscontroleursoverleg

Nederland 2010. Grootouders passen op hun kleinkinderen omdat de ouders hard moeten werken om hun Vinex-hypotheekje bij elkaar te schrapen. De ouders hebben geen geld om een oppas te betalen, maar gelukkig kent de Nederlandse overheid een regeling. De grootouders krijgen zogenaamde oppassubsidie. Maar daar zitten natuurlijk wel weer wat voorwaarden aan vast. Zo mogen opa en oma niet meer roken. Alleen als de kleinkinderen op bezoek zijn? Nee, de grootouders mogen helemaal niet meer paffen in hun pandje. Het grootouderlijk huis moet volledig rookvrij zijn. En ze moeten een cursus EHBO hebben gedaan plus de Nederlandse taal beheersen. Vooral dat laatste vind ik geestig. Ik zie een doorwrochte Limburger of een gietijzeren Tukker, die door zijn dialect alleen in zijn eigen doodlopende straatje te verstaan is, opeens algemeen beschaafd Nederlands spreken omdat hij anders zijn oppassubsidie misloopt. Opa en oma in de schoolbanken omdat er af en toe een snotterend mormel van een jaar of drie door het huis doolt. Hun eigen kleinkind nog wel. Grootouders gingen vroeger juichen als de kinderen belden met de vraag of hun grut een dag of wat mocht komen logeren, maar nu is er ook nog eens een financiële regeling voor. Een uurloon. Er zal vast ook een formulier zijn om de circuskaartjes en de toegangsbewijzen voor de Efteling te declareren. En de reiskosten heen en terug naar het pretpark. Opa wil van de suikerspinnenboer op de kermis voortaan een bonnetje, omdat het bedrijfskosten zijn. Hoelang duurt het nog voor we de eerste met bonnetjes sjoemelende oppasopa arresteren? Misschien kan opa zijn tuin ook opvoeren als onderwijsproject omdat hij er met zijn kleindochter regelmatig madeliefjes plukt. Waarom krijg ik zo de slappe lach van dit gegeven? Omdat het door een commissie bedacht is en politici er ooit serieus over hebben vergaderd? Omdat er inmiddels oppasgrootouderscontroleurs in het leven zijn geroepen? Regenjassen, die zomaar onaangekondigd de grootouderlijke woning kunnen binnenvallen om te ruiken of er geen tabaksgeur hangt, er een schoon stukje zeep bij het fonteintje in de wc ligt en of opa en oma geen dialect met de koter spreken. Als ze op bepaalde punten in gebreke blijven, krijgen ze een waarschuwing, maar ze weten dat ze hun subsidie kwijt kunnen raken. Ik weet niet waarom ik zo hard moet lachen. Of ik weet het eigenlijk wel. Omdat we gewoon een zielig kneuzenland geworden zijn. Het meest natuurlijke, meest normale, dat je als trotse grootouders een dag of wat op je kleinkinderen past, is door de politiek geregeld en er staat een bedrag tegenover. Er is een bureau dat dat regelt, inspecteurs die toezien op de kwaliteit van het oppassen, managers aan wie die inspecteurs verantwoording moeten afleggen, accountants die alles doorrekenen en interim-managers die er zo nu en dan de bezem door halen omdat het proces is vastgelopen. Hoop ook dat er een psychologische dienst is die de oppasgrootouders die er een beetje doorheen zitten, weer vlot kan trekken. Vrees dat opa en oma ook af en toe een functioneringsgesprek hebben. En dat ze zelf ook regelmatig rapporteren richting een pedagoog of andere deskundige. Wat doen we eigenlijk met de oude speelgoedautootjes en barbies waar de ouders van de kleinkinderen zelf nog mee gespeeld hebben? Kunnen opa en oma dit speelgoed alsnog op de balans zetten? Is het sowieso niet handig als opa en oma een bv oprichten? Of zijn het gewoon zzp'ers? Neemt de peuter een lunchpakket mee naar de grootouders of krijgen opa en oma een kleine vergoeding voor het verstrekte bordje pap? Zijn er eigenlijk eetregels? Is er een verwenprotocol? Dat oma niet te vaak een snoepje uitdeelt!

Zijn wij nou het enige Europese land dat zo debiel is doorgeschoten? Subsidie voor opa en oma om op hun kleinkinderen te passen. Mits ze een cursus hebben gedaan! Dit is ooit bewust door ons parlement besproken. Of zaten ze toen massaal te twitteren? Ik lach en smeek God om een stevige tsunami. Ons land is eraan toe!

Rechtsvaardig

Maxime Verhagen is de eerste katholiek die op latere leeftijd misbruikt is. Sterker nog: zich heeft laten misbruiken! Misbruikt door rechts. En hoe! En hij vindt het nog lekker ook. Zelden iemand zo kinderlijk blij en trots een regeerakkoord zien presenteren. Net iets minder parmantig dan Rutte, onder wiens naam Wilders gaat regeren. Sneue Mark beseft zo goed dat zijn naam vanaf nu een schuilnaam is.

De kabinetsplannen van Geert zijn afgelopen donderdag dus opengevouwen en *De Telegraaf* kwam gisteren bijna klaar. Eindelijk gaat er weer met straffe hand geregeerd worden. De linkse kerk raakt zijn hobby's kwijt.

Buurvrouw Merkel sprak haar ongerustheid uit, maar heeft volgens onze nieuwe premier Wilders *kein* recht op vrijheid van meningsuiting. Net als de Indonesische ambassadeur. Die moest vorige week ook een toontje lager kwaken. Zelfs als iemand het nieuwe kabinet-Wilders voor de grap Bruin 1 noemt wordt hij of zij tot de orde geroepen. Lief hè? Ik zou als ik Merkel was ook een beetje nerveus worden als ik tussen enge rechtse provincies als Nederland en Denemarken zat.

Afgelopen woensdag was er een opvallend geweldsdingetje in hartje Den Haag. Een PVV-Kamerlid deelde een kopstoot uit in een kroeg. Geen biertje met een jenevertje ernaast, maar hij beukte met zijn eigen lege kop een meneer tegen de grond. De vechtersbaas zou eerst een paar smerige dingen tegen de vriendin van zijn slachtoffer hebben gezegd, waarop haar vriend zei: 'Moet dat nou?' Toen kreeg hij onmiddellijk een hijs voor zijn treiter van de politicus, die ooit militair was. Soldaten moeten vechten. Daarvoor hebben we ze.
De meneer die de knal voor zijn kop kreeg deed aangifte. Het Kamerlid werd ingerekend en mocht een nachtje achter de stangen. Ik denk dat de rechtse arrestant hier heel tevreden over is.
'Inrekenen dat gajes' is het duidelijke devies van de PVV en ik denk dat een andere rechtse parlementariër maandag Kamervragen gaat stellen. Waarom de vechtersbaas in kwestie de volgende ochtend alweer vrij rondliep? Wat is dit voor watjesland? Opvallend overigens dat het dit jaar het tweede geweldsincident binnen de PVV is. Of zijn we de ordinaire bokswedstrijd van ene Hero Brinkman alweer vergeten? Is dit soort niet iets voor de op te richten dierenpolitie? Afdeling: schijtlijsters.
Ik lijk wat somber, maar er is gelukkig ook wat te vieren. Vandaag heft het CDA zichzelf op. Een meerderheid van de leden zal zich in Arnhem achter Maxime scharen, maar de kiezers die ze nog overhadden zijn ze kwijt. Die zullen massaal op beschaafdere partijen gaan stemmen. Op partijen die het als hun humane plicht zien politieke

vluchtelingen asiel te verlenen en die de ontwikkelingshulp niet met een miljard verlagen om dat in asfalt om te zetten. Vrees trouwens dat als we het geld niet naar de hongernegers brengen ze het domweg komen halen. Meer illegalen dan ooit. Ook wel weer handig omdat ze voor weinig geld de huizen van de VVD'ers kunnen verbouwen.

Door een vriend werd ik gewezen op een gerucht: Hans van Baalen wordt misschien minister! Althans: Hans heeft aangegeven dat hij beschikbaar is. In het belang van het land, zal ik maar zeggen. Defensie en Buitenlandse Zaken worden genoemd. Dat is toch die gozer die in zijn jeugd 's nachts stomdronken het Horst Wessellied door Leiden liep te lallen? Die lid was van het donkerbruine Pro Patria, een zeer schimmig clubje binnen het Leidse Studenten Corps? Over wie de mare gaat dat hij politieke liefdesbrieven naar Joop Glimmerveen schreef? Carrières kunnen nog raar lopen.

Maar goed: het CDA heft zichzelf op. Ook wel weer geestig dat de christenen die serieus geloven dat een gozer over water liep, die water in wijn kon veranderen, die tegen vissen preekte, die uit de dood ontwaakte, vervolgens zwaar gewond een grafsteen opzij rolde en een tijdje later zonder vleugels naar de hemel zweefde, dat diezelfde christenen met een partij in zee gaan die een andere godsdienst achterlijk noemt. Lief hè?

Droomproces

Ik droomde dat ik rechter was en dat er tegenover mij een kleinburgerlijke haatzaaier stond. De zaaier vroeg of ik joods was. Dan was ik namelijk niet objectief omdat hij al jaren keppeltjes als kopvodden bestempelde. Vandaar.
Ik zei dat ik wilde beginnen met het gezelschap een hartelijk 'goedemorgen' te wensen, waarop het advocaatje van de zaaier als door een slang gebeten reageerde. Wat ik met dat goedemorgen bedoelde. Of ik niet wist dat de zaaier zeer boos en getergd was. Waarom ik dan goedemorgen zei. Dit was overduidelijk sarren en stemmingmakerij. Ik moest vervangen worden. Het advocaatje eiste een zitting van de zogenaamde wrakingskamer. Ik liep een andere ruimte in. Daar zaten mijn collega's al klaar. We wisten namelijk hoe het proces zou gaan verlopen en ze moesten lachen omdat het gelukt was. We hadden afgesproken dat ik de zaaier en zijn raadsman af en toe een beetje zou plagen, zodat ze dan amok konden maken. Zowel de zaaier als het advocaatje was een beetje verslaafd aan aandacht en we gunden de heren hun mi-

nuutjes. De rechters van de wrakingskamer droegen een keppeltje, waarop de verdachte vroeg of ze joods waren. De rechters vertelden dat dat niet het geval was, maar dat ze van een gekostumeerd Ajax-feestje kwamen. Vandaar. De rechters zeiden dat ze het bezwaar van de zaaier en zijn advocaatje snapten, maar dat ik als rechter gewoon door mocht.

Toen kondigde de zaaier aan dat hij tijdens het proces zou zwijgen. Dat was zijn goed recht. Waarop ik lachte, omdat wat mij betreft het proces niet lang genoeg kon duren. Het advocaatje foeterde en de rechters van de wrakingskamer stommelden weer binnen. Zij begrepen het advocaatje, maar vonden toch dat ik mocht blijven. Dit was nou eenmaal mijn humor en daar moest het advocaatje een beetje tegen kunnen.

We gingen over tot de orde van de dag. Er zou een filmpje van de verdachte worden getoond. Het advocaatje vond dat ik door 'filmpje' te zeggen het kunstwerk van de zaaier kleineerde. De president van de wrakingskamer stak zijn hoofd om de deur en vroeg of hij nodig was. Ik zei dat het zo goed was. Een mevrouw riep dat ze het filmpje niet wilde zien en verliet de zaal, waarop ik vroeg of er nog meer mensen niet wilden kijken. Het advocaatje wilde weten wat ik daarmee bedoelde. Ik zei dat ik het filmpje gezien had en dat het een door een blinde in elkaar gestikte broddellap was. Mijn collega's van de wrakingskamer kwamen zuchtend binnen en zeiden tegen de zwijgende zaaier dat ik gelijk had. Zij hadden het plak- en knipwerkje ook gezien en ze hadden vooral kei-

hard gelachen. Het leek een werkstuk van een verstandelijk gehandicapte puber. De conclusie van de wrakingskamer was dat ik gelijk had. Dat het objectief gezien gewoon treurig in elkaar geflanste onzin was. Dat het niks met een film te maken had. Ze zeiden dat ik pas vervangen zou worden als ik de film wél serieus zou nemen. Ik raadde daarop iedereen aan lekker de verzamelde YouTube-filmpjes over Nigel de Jong te bekijken! Daarop verliet iedereen de rechtszaal.
Opeens stommelde de sombere bode Verhagen binnen. Hij was verdrietig omdat zijn zoon uitbundig zaken deed met een politicus die bepaalde godsdiensten wilde verbieden. Het ging om het katholicisme. Daar had die politicus een hekel aan. Ik dacht aan de net katholiek geworden Wesley. Arme jongen.
Het filmpje was ondertussen klaar. Het advocaatje en de zaaier gaven samen een staande ovatie. Toen zag ik pas dat het advocaatje geen toga droeg, maar een djellaba. Het was een islamietje!
'Wat is er?' vroeg mijn vrouw. 'Wat zeg je?'
Ze knipte het licht aan. Ik stamelde over mijn ingewikkelde droom, waarop ze me zacht aankeek en zei: 'Niet dromen, lief, absoluut niet dromen in deze tijd. Wakker blijven. Heel erg wakker blijven!'

Lapje over de bril

Arme Gerd Leers, ooit een voortvarende burgemeester van Maastricht. Een kordaat en krachtig menneke. Maakte zich mateloos populair bij het volk door duidelijk en streng op te treden tegen illegale wietplantages. Als hij aan één begrip een hekel had, was het aan het woord gedogen. Dat vond hij verschrikkelijk. En hij had een gezonde hekel aan Geert Wilders, volgens Gerd de vleesgeworden voorman van alle vuilspuiters op internet. Verder riep hij in het verleden dat de deur voor immigranten wagenwijd open moest en niet op een kier. Dit zei hij omdat Limburg dankzij de immigranten juist welvarender was geworden. Het extremistische gepalaver van Wilders moest maar eens afgelopen zijn. En nu is hij de minister van Deportatie en Ontmoediging in het eerste bruine kabinet. Het kan raar lopen in een mensenleven.

Wat is er toch met Gerd gebeurd? Was het al mis toen hij dat treurige vakantievillaatje aan de Bulgaarse Zwarte Zeekust kocht en daar tegen plaatselijke politici met een tweedehands brandweerauto ging lopen patsen, die hij vervolgens niet leverde? De zaak stonk als Limburgse kaas en Gerd mocht zijn ambtsketen aan het bronsgroen eikenhout hangen. Ik heb zo'n medelijden met hem. Vooral toen ik las dat hij bij Geert op de knietjes is gegaan en dat hij sorry heeft gemompeld om minister te mogen worden. Die ooit zo krachtige burgemeester, overmand door zijn eigen regeergeilheid, bibberend voor de vleesgeworden voorman van de vuilspuiters. Aandoenlijk.

Over alzheimer gesproken. Arme Ben Knapen, ooit hoofdredacteur van deze liberale krant, die in het buitenland mag gaan uitleggen hoe het precies zit met ons ooit zo vooruitstrevende landje. Wat gaat hij daar zeggen? Dat hij een vazal is van de geblondeerde vuilspuiter, die ooit de Koran met *Mein Kampf* vergeleek? Of gaat hij jokken dat Rutte zijn baas is? Knapen was natuurlijk al behoorlijk van zijn sokkeltje gemieterd toen hij zijn zakken vulde bij Philips, maar helemaal toen hij als lid van de Raad van Bestuur PCM liet wankelen en vervolgens anderhalf miljoen vertrekpremie fluitend in zijn zak stak. De schaamteloosheid in die graaierskringen is ronduit stuitend. Grappig ook dat Knapen zwijgt over het feit dat hij op 11 september 1996 bij de oprichting van Het Republikeins Genootschap was. Hij doet dit gezelschap nu af als een soort eenaprilclubje en hij weet dat het dat niet is. Integendeel zelfs. Maar ja, het is verwarrend als je in je huidige functie af en toe met Trix naar het buitenland moet. Trix zit binnenkort in het regeringsvliegtuig naar hem te loeren met zo'n blik van: Je gedoogt mij, gluiperd!

Dat de hersens van Yuri van Gelder dusdanig door de coke zijn verwoest dat hij wel eens een snuifbekentenisje vergeet snap ik, maar van zo'n Leers en Knapen begrijp ik echt niks. Yuri kan er niks aan doen. Die heeft, onder aanvuring van zwaar gefrustreerde volwassenen, zijn hele jeugd in twee ringen gehangen. Ik was er niet alleen van gaan snuiven, maar ook gaan spuiten, slikken en zuipen. Deze regering gaat een dierenpolitie oprichten, maar ik ben zo langzamerhand voor een eenheid die ouders van topsportende kinderen opspoort. Vooral in de kringen van tennis, hockey, turnen en voetbal zijn de excessen verschrikkelijk. Totaal mislukte ouders die hun kinderen vanaf hun zesde afbeulen in de hoop dat ze een beroemde sporter zullen worden. Het is ronduit misdadig. Goed kijken dit weekend naar die gymmende zielenpoten in Ahoy'. Goed kijken naar die angstige gezichtjes. Verwrongen koppies en een verpeste jeugd! Maar Gerd en Ben zijn niet misbruikt. Gewoon ijdele dementen. Ik vond de bordesfoto zo aandoenlijk. Een club bejaarden met hun medische begeleidsters op bezoek bij de koningin, die bewust gekozen had voor een rode jurk! Ze mag niks zeggen, maar humor heeft ze wel. Toen de club met de bus vertrokken was riep ze haar trouwe werkster bij zich en fluisterde: 'Haal maar een extra lapje over de bril, want op deze leeftijd willen ze nog wel eens een beetje morsen.'

Klantenservice

De details zal ik u besparen, maar het gaat om een maandenlang probleem dat onze zoon, een aardige student, met T-Mobile had. Een zaak waarin hij overigens volkomen gelijk had. Dat vond ik niet alleen, maar dat vond ook T-Mobile. Ze konden het probleem alleen niet zomaar oplossen. Waarom niet?

Omdat ze het niet konden oplossen. Maar het was toch hun fout? Klopt, maar de helpdeskmevrouw kon hem niet oplossen. Terwijl dat in een handomdraai mogelijk was. Inderdaad, maar daarvoor had zij niet de bevoegdheid. Dat moest schriftelijk. Binnen zes weken kreeg onze zoon dan antwoord. Of hij dan iemand anders van T-Mobile kon spreken? Nee! Waarom niet? Omdat dat niet ging! En kon de mevrouw het door T-Mobile veroorzaakte probleem niet aan iemand voorleggen en dat die dan terug zou bellen? Nee, T-Mobile belt nooit terug. Kafka in de polder.

Mijn vrouw heeft er nog een ochtend aan besteed en werd met dezelfde kluiten hetzelfde riet in gestuurd. Drie mobieltjes heb ik zelf geduldig hangend in de wachtrij leeg gebeld, kreeg hetzelfde begrip van de mevrouw, ook weer het grootste gelijk overigens en de mededeling dat het helaas schriftelijk moest worden afgehandeld. Uiteindelijk gedaan, mijn zoon heeft nog een week in een winkel op zijn beurt mogen wachten om de laatste details te regelen en afgelopen woensdag zou na zes weken zijn nieuwe toestel komen. Hij naar de winkel, uurtje op zijn beurt wachten en toen... Toen klopte het weer niet! Weer een fout van T-Mobile. Sorry overigens. Maar de man kon zijn fout niet herstellen. Binnen dit Sovjetsysteem was hij niet bij machte om... Ik besloot om een hoog iemand bij T-Mobile te bellen, maar dat was dom gedacht. Die krijg je gewoon niet aan de lijn. De receptioniste van het hoofdkantoor heeft – op straffe van een sprong met een gesaboteerde parachute uit een Belgisch vliegtuig – moeten beloven dat ze geen ontevreden klanten doorverbindt. Ik moest weer een brief schrijven en zou binnen zes weken... Genoeg, dacht ik en uitte mijn ongenoegen boos op Twitter. Nou is mijn account aldaar geen zeikerig onderonsje met vrienden, maar ik word gevolgd door meer dan veertigduizend mensen, die mijn probleem onmiddellijk herkenden omdat ze zelf ook allemaal in een soortgelijk conflict zijn verwikkeld met Ziggo, Eneco, UPC of een andere onbereikbare T-Mobile. Mijn berichtjes werden een vrolijke olievlek en binnen een halfuur kreeg ik een aardige meneer van T-Mobile aan de lijn. Wat het probleem was. Maar problemen waren er toch om opgelost te worden? Daarbij had ik volledig gelijk. Alle fouten waren inderdaad gemaakt door T-Mobile. Sorry, sorry, sorry! Had u maar eerder gebeld!

Onze zoon kon onmiddellijk naar de winkel gaan om zijn nieuwe toestel op te halen, zijn oude contract werd daar ter plekke verscheurd en hij mocht met kerst twee weken skiën met de familie van de hoogste baas van T-Mobile Nederland. Onze zoon blij, mijn vrouw verbijsterd en ik vooral vrolijk verbolgen. Twee maanden bonkte onze zoon op de machteloze T-Mobile-vesting, werd van kastjes naar muren en terug het woud in gestuurd, sloeg wanhoopskreten uit tegen medewerkers die hem telkens gelijk gaven, maar helaas niks voor hem konden doen en op het moment dat zijn kwade, beetje bekende vader tegen 40.000 landgenoten twittert dat het geduld op is en hij T-Mobile vrolijk doch beschaafd gaat slopen op het internet, belt het bedrijf in een geur van angstdiarree stotterend dat alles geregeld is. Ondertussen ben ik een soort nationaal meldpunt van de helpdeskterreur geworden en ik proef ook dat het geduld op is. Men is het spuugzat. Klantenservice betekent klantenservice ofwel: service aan klanten! En dat begint niet met een uurtje hangen terwijl je naar zaaddodende muzak moet luisteren. Om over het machteloze vervolg maar te zwijgen. Revolutie? Wat mij betreft wel. Hoe? Nog even geen idee, maar voorlopig raad ik iedereen aan om te beginnen met de nuchtere mededeling dat je eigenlijk Youp heet. En nogmaals: niet alleen tegen T-Mobile, maar echt tegen allemaal! We zijn begonnen!

Klantenservice (2)

Aandoenlijke reactie van T-Mobile op mijn column van vorige week. Ze gaven mij gelijk. In het geval van mijn zoon hadden ze inderdaad fouten gemaakt. Een weeë geur van angstzweet hing om dit sneue persbericht heen. Je zag dat er een halve Amsterdamse Zuidas aan juristen naar had geloerd en dat vooral een paar dure imagodeskundigen hadden geadviseerd om de kleine cabaretier gelijk te geven.

Wat er zo dom was aan hun knievalletje? Dat ze schreven dat er in mijn geval fouten waren gemaakt. Dat zorgde voor een bulderende lachsalvo door heel Nederland. En inmiddels ook door België, Duitsland en Engeland. Dit was geen olie op het vrolijke vuurtje, maar zuivere kerosine.

Mijn geval? En die andere tienduizenden of misschien wel honderdduizenden gevallen dan? Het is de directie van T-Mobile toch wel duidelijk dat ik een open zenuw heb geraakt? Dat alle klanten dat afpoeieren en aan het lijntje houden door T-Mobile en andere telefoongiganten meer dan spuugzat zijn. Waarom zo'n laf tekstje jongens?

Wat is het toch lief dat directies regelmatig borsttrommelend in beeld verschijnen om de fantastische jaarcijfers bekend te maken, dat ze onderling schaamteloos pochen over de meest gênante bonussen, maar dat ze, als er stront aan de knikker is, het afdoen met een slap stukje tekst. Stront aan de knikker is in dit geval een eufemisme. Het halve Parijse riool gulpt uit de burelen van de telefoonboeren. Wat was het prachtig geweest als de directie van T-Mobile het niet had afgedaan met zo'n laf persbericht, maar dat de hoogste baas persoonlijk naar buiten was getreden en voor een afgeladen perszaal had toegegeven dat het allemaal niet zo lekker loopt binnen de firma. Dat het ronduit een organisatorische tyfuszooi is. Het bereik is slecht, spooknota's worden verzonden, mensen hebben moeite om van hun abonnement af te komen, de wachttijden bij de helpdesk zijn gênant lang en het is eigenlijk misdadig dat je voor dat lange wachten ook nog eens moet betalen. En het zou leuk zijn als hij ruiterlijk zou toegeven dat deze misdaad goed georganiseerd is. Het is legaal. Ze vertragen, ontmoedigen, houden aan het lijntje en poeieren af. En dat doen ze zeer bewust. En hij zou uitleggen dat dit allemaal normaal is in zijn branche. Dat de klanten betalen voor de fouten die het bedrijf maakt. Hij zou nog lacherig melden dat de 38 miljoen, die een afscheid nemende KPN-collega persoonlijk heeft verdiend, in hun wereldje wel eens schertsend wachtgeld wordt genoemd omdat het geld door alle klanten die in de loop der jaren gewacht hebben op een van de drie medewerkers van de KPN-helpdesk is opge-

hoest. Dan hadden we wat te lachen gehad en was er een beetje stoom van de ketel. Maar nu zijn de klanten alleen maar kwader. Mijn computer staat al een week te schudden van de duizenden klachten die mensen voor me hebben opgeschreven op youp@nrc.nl en die ik binnenkort op een vrolijke manier naar buiten breng. Ook dan zal ik het georganiseerde misdaad noemen. Met hun juristen wil ik volgaarne steggelen over het begrip misdaad! Komt volgens mij van misdoen. Allemaal binnen de wet, dat wel, maar ze weten natuurlijk zelf dat het gewoon niet deugt. En als de directie van T-Mobile en hun gewaardeerde collega's het niet weten, dan weten wij, het gewone Nederlandse klootjesvolk, het wel.
De zaak is natuurlijk lang niet klaar, vrienden. Het volk mort en het volk mort terecht. Het lijkt me ook een leuk klusje voor de politiek. Dat ze eens ophouden met dat tragische geneuzel over hoofddoekjes en dat ze de graaiende incapabele telefoonboeren keihard gaan aanpakken. Ik proef aan alles dat men het niet meer pikt en dat er iets gaat gebeuren. De laatste weken lees ik veel over Buckler dat ik ooit uit de markt zou hebben geprezen. Freddy Heineken zei vlak voor zijn dood een beetje lacherig tegen mij: 'Youpie, je had gelijk. Het was gewoon niet te zuipen!' We zijn begonnen.

Klantenservice (slot)

Grappig dat na een kleine twee weken hees gekrakeel van een cabaretier de wachttijden bij de helpdesk van T-Mobile zijn teruggelopen tot de normale tijd van een minuut. De komiek schreeuwde en schreef namens de woedende klanten naar wie tot dan toe absoluut niet geluisterd werd. De directie besloot al na de eerste dreiging van een vrolijke volksopstand op Twitter en youp@nrc.nl zestig mensen extra achter de telefoon te zetten. Waarom nu pas? Waarom niet jaren eerder? Altijd als ik die helpdesk bel, hoor ik een mevrouw zeggen: 'Uw mening over onze service is voor ons van groot belang. Hiermee kunnen wij u beter van dienst zijn. Het kan zijn dat u hierover teruggebeld wordt. Dit gesprek kan tevens worden opgenomen ter verbetering van de kwaliteit van onze dienstverlening.' Dan ga je er toch van uit dat dat ook gebeurt? Dat ze op de hoogte zijn van de complete janboel binnen hun bedrijf? Het zijn toch allemaal fors betaalde managers die dagelijks in hele dikke auto's naar hun statige huizen rijden? Mannen en vrouwen die hun vaak exorbitant hoge salarissen verdedigen

door te mekkeren dat ze heel verantwoordelijk werk doen. Maar wat deden ze dan al die jaren waarin hun klanten uren en uren in de wacht hingen om vervolgens iets blonds aan de lijn te krijgen? Iets doms dat niet wist waar het over ging en er sowieso niks aan mocht doen. Dat hadden ze toch in de gaten? Er wordt toch getest binnen die firma's? Mensen houden toch vingers aan de pols? Nee dus. Er werd in neuzen gegrut of ze zaten op een skippybal tijdens een motivatiecursus op de Veluwe of ze hadden een of ander belangrijk telecom-congres waar ze elkaar onderling weer prijsjes gaven! Bijna elke manager is in deze branche wel eens manager van het jaar geweest. Maar ondertussen krijsten de klanten zich schor, schreven mails die nooit beantwoord werden en vloekten in hun wanhoop de helpdeskmedewerkers stijf. Mensen die er ook niks aan konden doen dat het management te lui en te dom was om hun afdeling goed te organiseren.
Ik vind het tot nu toe het meest ontluisterende deel van de hele actie. Dat het nu opeens wel kan. Dan heb je het al die jaren toch gewoon niet gewild? Hadden ze lol in het klantje treiteren of zo? Dus je bent hoofd van de helpdesk, kent de teringzooi en je doet er niks aan. Terwijl dat wel kon. Want dat blijkt nu. Sinds anderhalve week doet alles het redelijk normaal. Helpdeskmedewerkers noemen hun naam, hebben geen kluitjes voor het riet meer klaarliggen. Sterker nog: het meeste riet is gekapt. En dit is niet alleen bij T-Mobile het geval. Ik hoor nu dat het bij die andere logge bedrijven ook veel beter

gaat. Maar waarom kan het nu dan wel? Je bent toch een enorme sneue bak snot als je je wakker laat schudden door een klantenactie? Dat de ogen open zijn wil ik geloven. En dat de oren uitgespoten zijn neem ik ook aan. Maar waarom nu pas? Wat deden jullie daarvoor? Waar hadden jullie het over? En met wie? Chic hoofdkantoor, grote vergaderruimtes, belangrijke commissies, dikke rapporten, enorme winstcijfers en ondertussen die puinhoop waar heel Nederland van kotste. Heel Nederland, behalve jullie! En nu gaat het door een paar interne stappen zomaar stukken beter? Dat mag ik toch raar vinden? En voor hoelang gaat het nu goed? Tot de spotlights weer op iets anders gericht zijn? Wordt alles dan weer teruggedraaid? Ben zo benieuwd hoe dat werkt binnen een bedrijf waar de moeilijke Engelse termen door de kantoorruimtes vliegen. Stuk voor stuk hebben de managers onuitspreekbare functies, maar regelen dat iemand fatsoenlijk de telefoon opneemt... dat kon tot twee weken terug niet. Mijn vraag is simpel: managers van Nederland, dus niet alleen bij T-Mobile, wat doen jullie de hele dag? Waarom die salarissen? Waarom die rare taal? Leg het me eens uit! Ik ben zo benieuwd.

Hoofddoekje voor het bloeden

Dus die door twee vrouwen aangeklaagde dierenvriend Dion Graus, kopstootkoning Marcial Hernandez, bijlzwaaier en barmanbeuker Hero Brinkman plus onze bejaardenstalker, hondenpoephater en vrouwtjesbetaster Eric Lucassen zitten met zijn vieren te praten in de fractiekamer van de PVV.
Waar het over gaat? Over Marokkanen natuurlijk. Het moet nu maar eens afgelopen zijn met die criminele moslims. Het woord Gouda valt, het begrip scootertuig wordt gebezigd en Hero vertelt gierend van het lachen een racistisch getint mopje. Moet kunnen.
In een andere ruimte praten Rutte, Verhagen en Wilders over de ontstane politieke situatie. Wat moeten ze doen?
'Flikker je Lucassen eruit dan zijn we de meerderheid kwijt en houden we hem vast dan heb ik een probleem met mijn geloofwaardigheid,' sombert Rutte.
'Maar die geloofwaardigheid is toch al drie keer ruk,' oppert Geert. 'Neem nou die twee paspoorten van die dubbelenaammevrouw. Toen hadden we toch eigenlijk al gierend van het lachen af moeten treden. Het kan de mensen echt niks schelen.'

‘Geloofwaardigheid vind ik zo’n achterhaald begrip,’ zegt Maxime resoluut. ‘Dat vind ik zo’n geitenwollensokkenwoord. Vroeger wilde ik over dat soort dingen nog wel eens discussiëren, maar nu echt niet meer. Het is 2010.’

‘Ik weet het even niet,’ fluistert Rutte.

Dan gaat de telefoon van Maxime. Het is Hannie van Leeuwen. Hij ziet haar naam in het schermpje van zijn mobiel en drukt haar weg. In de andere kamer hoort hij hard gelach. Hero laat Hernandez zien hoe hij die barkeeper een hijs voor zijn treiter verkocht en Hernandez vertelt geurend en kleurend over zijn inmiddels beroemde kopstoot.

‘En hij wil niet gewoon zijn zetel inleveren?’ vraagt Rutte onderhand aan Geert.

‘En als we hem een stevig wachtgeld beloven?’ probeert Maxime.

‘Wachtgeld ligt gevoelig bij ons,’ zucht Geert. ‘We hebben net de hele linkse kerk daarover voor rotte vis uitgemaakt. Dan kunnen we nu moeilijk zelf...’

‘Twee vrouwtjes, hè,’ horen ze Graus in de andere kamer pochen. ‘Twee! Ik herhaal: twee!!’

‘We kunnen zeggen dat Lucassen een gezonde Hollandse jongen is,’ lacht Geert. ‘Hij is in elk geval geen homo. En het vooroordeel dat we alleen maar iets tegen allochtonen hebben is ook uit de weg geruimd. Het waren hartstikke Hollandse bejaarden die hij lastigviel. Zat geen Achmed tussen!’

Op dat moment rinkelt Maximes mobiel alweer. Hij kijkt op het schermpje en ziet de naam van Ab Klink staan.

Die drukt hij ook maar even weg. Waarom belt-ie nu?
'Het is ingewikkeld,' zegt Mark. 'Het is onoorbaar gedrag. En aan de koningin leggen we het even niet voor. Die is nu te druk met de banden van Max & Lex met de beroepscrimineel Joep van den Nieuwenhuyzen. En weer een bootje! Heeft ze net Mabel en Bruinsma in dat vooronder achter de rug, krijgt ze dit zeeroversavontuur.'
'Heb je Trix erover gesproken?' vraagt Maxime aan Mark.
'Tja, kleinzoon van zijn opa,' zei ze en meer wilde ze er niet over kwijt.
'Seks met dieren mag niet,' horen ze Graus gieren. 'Tenzij het een heel lekker dier is!' De anderen lachen zich scheel.
In de kamer van Maxime, Mark en Geert is het onderhand stil. Doodstil. Op de schoorsteenmantel tikt een klok, angstaanjagend regelmatig. Ze weten het alle drie. Het is klaar. Dan stamelt Mark: 'Het waren wel hartstikke leuke maanden!' Hij roept de Marokkaanse koerier die zijn ontslagbrief naar de koningin moet brengen.
'Zal ik hier een toneelstuk van maken?' vroeg ik gisteren aan mijn vrouw.
'Hoe wil je dat doen?' vroeg ze.
'Gewoon een stevige eenakter die een jaar langs alle schouwburgen reist. We noemen het stuk Hoofddoekje voor het bloeden en op het affiche zetten we schreeuwend groot: ZWAAR GESUBSIDIEERD!

Villa Rik

Waarom had ik altijd de slappe lach bij *Villa Felderhof*? Die zachte begripvolle slijmtoon van die Rik, die altijd emotionele gasten die nooit zonder tranen over hun ingewikkelde jeugd spraken, hun stumperige gefröbel met een paar kwasten op een doek, die gretige kruisbesnuffelende labrador, dat zeikerige ontbijtje, dat zogenaamde ontspannen wandelen door Saint-Tropez of een ander miljonairsoord, de zeiltochtjes, dat dagboek waarin de gasten Rik tot slot nog een paar veren in zijn reet mochten steken... Aandoenlijke bejaardentelevisie. Is het niet iets voor *Max*?

Dat getut in die tuin en die villa. Altijd een bepaald slag BN'ers. Types die bijna elke regel met 'ik' beginnen en daarbij serieus denken dat de wereld smachtend wacht op hun privémeninkjes. Ik vond het altijd zo vertederend. De manier waarop Rik genoot van het genot van zijn gasten. De gasten die Rik weer zo intens dankbaar waren. Dat geluk, die tevredenheid...

Ik keek altijd. Vooral naar mijn aandoenlijke theatercollegaatjes, die zo heerlijk over hun goddelijke vak moch-

ten keuvelen. Die door Rik zo serieus genomen werden, waardoor ze er altijd nog een emotioneel schepje bovenop deden. Helemaal meegenomen door het goddelijke klimaat, de heerlijke wijn en de fantaaaastische omgeving trapten ze bij de emoties altijd nog eens extra op het gaspedaal. En Rik luisterde. Rik luisterde intens, bewonderend. Rik had ook altijd de dagen van zijn leven.
Ooit kwam ik die Felderhof tegen en hij vertrouwde mij vrijwel onmiddellijk toe dat hij mij zo'n interessante man vond. Nou ben ik dat ook, maar je moet het niet meteen zeggen. Wacht even twee minuten. Hij wilde me graag in zijn programma. Ik wilde niet. Waarom niet? Omdat er dan voor mezelf niks meer te lachen viel. Ik keek altijd met zo'n totaal andere intentie. Ik zat altijd keihard te lachen. Juist op momenten als Jeroen Krabbé heel serieus werd en helemaal als Adelheid Roosen ging huilen. Ik huilde nooit mee. Nee, ik spoelde de band terug en wilde het nog een keer horen. Om weer hard te lachen. Misschien nog wel harder dan de eerste keer.
In het begin dacht ik dat iedereen net zo keek als mijn vrienden en ik. Dat het programma redelijk cult was. Tot ik ontdekte dat het door velen serieus genomen werd. Ik was ooit op een prijsuitreiking (artiesten geven elkaar graag complimentjes!) in een of ander theater en toen hoorde ik de ene acteur tegen de andere televisiepresentator zeggen: 'Ik vond je zo mooi kwetsbaar bij Rik. Gedurfd emotioneel!' Waarop de presentator zei: 'Ik dacht: de mensen hebben ook recht op mijn zachte kant!' Ik weet nog dat ik naar de wc vluchtte en daar een pleerol

heb vol gehuild van het lachen. Vooral omdat beide heren er zo serieus bij keken. Dat je in Rik zijn villaatje voor het klootjesvolk speelt dat je leven heel wat voorstelt snap ik, maar als je die rol doorspeelt op een dom borreltje in de Amsterdamse binnenstad kun je mij wegdragen. Dat is ijdelheid waar ik wel pap van lust.
Kan niks anders doen dan die Felderhof mijn complimenten maken. Jarenlang had hij een geheide kijkcijferhit die mij onnoemelijk veel plezier heeft gebracht. Net als *De Rijdende Rechter* en *Het Familiediner*, waarin een EO'er bemiddelt bij intens burgerlijke familieruzies. Programma's naar mijn hart. Als je wilt weten hoe Nederland werkelijk in elkaar zit dan zijn dat soort programma's een absolute must voor elke schrijver en cabaretier.
Nog leuker was het blad *Felderhof* van dezelfde Rik. Een, voor zover ik weet, niet meer bestaande glossy met Rik als geluksvogel. Heerlijk huis in Afrika, heel vriendschappelijk levend met zijn negerpersoneel, genietend van de natuur, de wijnen. Ook dit blad nam ik altijd gniffelend tot me. Waarom wil je dit gênante deel van je leven met allemaal vreemde mensen delen, dacht ik dan. Maar hij wilde dat dus.
Maar Rik moet er mee nokken. Wegbezuinigd door de NCRV. Jammer. Vooral die hoed zal ik missen. Die ontspannen zomerse hoed. Waarmee hij bij het afscheid altijd zo vrolijk zwaaide.

Maxiempje, Maxiempje!

Vandaag is er in Utrecht een CDA-congres, maar de werkelijke CDA'ers zullen er ontbreken. Balkenende is een weekendje naar Parijs, Ernst Hirsch Ballin geeft de voorkeur aan een lezing in een zaaltje in het land en Ab Klink heeft gewoon geen zin in die dikke kop van Hans Hillen. Waar zouden Ab en Hans het over moeten hebben? Over het feit dat Ab jaren oprecht zijn best deed om uit oogpunt van volksgezondheid de horeca rookvrij te krijgen, terwijl Hillen zich door de tabaksindustrie liet betalen om dat tegen te gaan? Sparren noemt Hans het zelf. Via een obscure bv regelde hij dit soort vuige schnabbels. Toch wel leuk om te weten dat er een redelijke kans is dat hij voor zijn mening wordt betaald als hij in het RTL-programma *Business Class* van Harry Mens zit te kakelen. Aandoenlijk landje zijn we toch. Zal Hillen in Utrecht op het congres aanwezig zijn? Ik vraag dat omdat Hans nog wel eens wat vergeet. Bijvoorbeeld dat hij zich een tijdje goed heeft laten betalen door de tabaksmaffia.

Hoe zal Hillen aan zo'n baantje zijn gekomen? Via Elco

Brinkman? Een van de zevenhonderd bijbaantjes van Elco is commissaris bij longkankerproducent Philip Morris. En het zou best kunnen dat er aan Elco gevraagd is of hij nog wat politici wist die tegen betaling positief wilden praten over het rookgenot in de kroeg. Ik vrees dat Elco lachend gezegd heeft dat hij van het CDA is en dat ze binnen die partij allemaal wel willen. Het werd Hillen. Hans wilde in ruil voor wat poen best zeggen dat het aantal van 600.000 meerookdoden per jaar meevalt. En hij wilde zich ook wel hardop afvragen of de Wereldgezondheidsorganisatie (WHO) het echt goed onderzocht heeft. En bij het aantal van 165.000 onschuldige kinderen die sterven door het meeroken met de volwassenen heeft hij vast ook nog een paar vragen. De vragen zijn waarschijnlijk gedicteerd door de pr-manager van de tabakslobby. Zal Hillen dit verteld hebben bij Harry of heeft hij zijn objectieve mening alleen in Den Haag gebruikt? Heeft hij als senator voor of tegen het rookverbod gestemd? Wordt Harry Mens door de tabaksindustrie betaald omdat hij de rokers een podium geeft? Podium? Podium? Die oubollige fauteuil bij die smakeloze open haard?

Het wordt vandaag een raar congres in Utrecht. Vorige keer in het rumoerige Arnhem kreeg Maxime nog het voordeel van de twijfel, maar ik denk dat veel leden inmiddels meewarig hun christelijke bolletjes schudden. Natuurlijk zal Maxime, net als Rutte, maar dan op katholieke toon, zeggen dat alles een interne aangelegenheid van de PVV is, maar ondertussen gloeit het schaamrood

van zijn kruin tot diep in zijn sokken. Op welk moment hij zijn ogen ook sluit, steeds ziet hij het lieve gezicht van Hannie van Leeuwen, die verdrietig fluistert: 'Maxiempje, Maxiempje, wat heb je toch gedaan?' Hij krijgt haar niet uit zijn hoofd. Dag en nacht reist Hannie met Maxime mee en steeds herhaalt ze deze ene regel.
En Maxime maar hopen dat er niet een rechtlijnige gereformeerde opstaat en vraagt of de minister van Defensie Hans Hillen ook wel eens wilde sparren met de wapenindustrie. Zou toch zomaar kunnen? En hoe het met de andere leden zit? Zijn er nog andere Kamerleden of senatoren die bijvoorbeeld betaald worden door de telefoongiganten en dat ze daarom niks willen doen aan de helpdeskterreur en de maffiose tarieven? Durft Maxime zijn handen nog in het vuur te steken voor zijn partijgenoten? Of zijn ze net zo onbetrouwbaar als hijzelf? Mag Jack Biskop zijn vergelijking van de PVV met het Duitse nationaalsocialisme nog een keer maken of blijft deze mening voorlopig in de Haagse fractiekamer?
Zal Verhagen stamelen? Stotteren? Gaan we tranen zien? Zweetdruppels? Als ze maar wel bidden in het begin! Dat vind ik altijd zo heerlijk. Maar ja, dan moet Maxime zijn ogen sluiten en dan? Dan ziet hij toch weer Hannie.

Hoogmis

Omdat ik erbij was. Daarom weet ik dat het waar is. Dat het echt gebeurd is. Dat het geen droom was. Niet een of andere vreemdsoortige hallucinatie. Geen paddotrip. Niks van dat al. Het is echt gebeurd. Helemaal echt. Ben er nog steeds duizelig van. Duizelig van de poëtische kant van de zaak. De pure schoonheid. De niet te omschrijven snelheid. Het onnavolgbare schouwspel. Mijn ogen schreeuwden oh en ah, terwijl mijn mond zweeg van verbazing. Ik beet soms in mijn hand. Eerst zacht, later wat harder. Ik keek naar mijn buurman. Hij lachte. Ik lachte. En we zagen dat iedereen ons nadeed. Iedereen lachte. Of deden wij iedereen na? Ik weet het niet. De vrolijkheid begon ergens en sloeg vanzelf over op ons allemaal. Vlug? Eigenlijk al na één minuut. Het zinderde. Gaf kippenvel. Een rug vol huiver. Prettige huiver. Het deed me aan topgerechten denken. Die smaaksensatie. Een mooie ontploffing in je mond. Of aan een boek dat je niet weg kunt leggen. Een boek waarin de bladzijden zichzelf omslaan. Of een circusact. Iets spectaculairs met acrobaten. Of een vrouw. Een beeldschone vrouw. On-

bereikbaar gracieus. Je hart zucht, je buik kriebelt, je hersens jeuken. Of een feest. Een feest met de juiste mensen, de juiste muziek die je jong maakt. Zo jong dat je benen vanzelf gaan dansen. Of een stukje Callas in haar hoogtijdagen. Een aria die door je ziel snijdt. Of een onschuldig kind dat onverstaanbaar vrolijk brabbelt en daardoor zo verschrikkelijk de waarheid spreekt.
Ik kan het niet anders omschrijven dan zo. Ik moet het kwijt en kan het niet kwijt. Omdat het letterlijk en figuurlijk onbeschrijflijk is. Wie erbij was, was erbij. En alleen zij begrijpen wat ik bedoel. De geur, het lawaai, de sensatie, de saamhorigheid, de lach, de schoonheid, de overtreffende trap.
Het was op tv. Velen hebben het daar gezien. En ook zij vonden het mooi. Heel mooi zelfs. Maar ze waren er niet echt bij. Ze voelden niet de regendruppels die zich in de loop van de avond aanpasten en aangenaam lauw werden. Heerlijke douche. Zij zagen niet de vogels die met duizenden tegelijk boven het gebeuren gingen hangen om te zien of het echt waar was. Het was waar. Echt waar. En niemand hoorde de muziek die ik hoorde. Het tweede deel van het pianoconcert van Ravel. Op die goddelijke muziek werd het ballet uitgevoerd. Was het een ballet? Nee! En ja! Ja, het was een ballet. Een schitterend ballet. En dat was het ook weer niet. Niet officieel althans. Ik zag het als ballet.
Waar dit stukje over gaat? Over iets waar ik bij was. En waar ik euforisch over ben. Of u er ook heen kunt? Nee, want het wordt niet herhaald. Omdat dat niet kan. Ja, je

kunt de herhaling op televisie zien, maar dan is de prik van de champagne. Je moest het live zien. Zien en horen. Horen en voelen.
Zacht geloofde ik weer even in god. Voorzichtig. Niet echt. Maar ik dacht even dat god met een joystick op een wolk zat. Ik heb de hemel afgetuurd om dat te controleren. Maar ik zag niemand.
Mijn zoon was erbij. Hij en ik waren samen. En hoeven elkaar vanaf nu alleen nog maar aan te kijken. Meer niet. De blik is genoeg. Onze ogen glimmen elkaar toe. Onze monden moeten vanzelf lachen. We kunnen niet anders. En we nemen het mee. Lichte bagage voor de rest van ons leven. Vederlichte bagage. Te tillen met onze wimpers. In moeilijke dagen zullen we erop teren. Teren op de herinnering aan die avond. Die avond in november 2010. Die zinderende maandagavond. Onze hoofden zullen zich regelmatig vol neuriën, onze harten kloppen dan ritmisch mee en onze voeten zullen dansen zonder dat iemand het ziet. We waren bij de hoogmis. De absolute hoogmis. En kijken sprakeloos terug op afgelopen maandag. Barcelona-Real Madrid. Camp Nou. Vijf nul! Amen.

Doe iets aan!

Dus de Nederlandse militairen spreken zo belabberd Engels dat wij een wereldoorlog riskeren als zij aan een ondergeschikte uit een ander land een simpel vuurtje vragen. Voor je het weet drukt er een sergeant onderdanig en nerveus op de fatale knop. Ook wel weer grappig. Die militairen zijn vaak jongens uit de provincie. Mannen die net als de meeste schaatsers en wielrenners in het Nederlands amper te volgen zijn. Friezen, Drenten en Zeeuwen die met elkaar brabbelen in een kroeg is al een behoorlijk ratjetoe aan dialecten, maar als dat spul ook nog eens Engels gaat kakelen met een boer uit Wales, een Schot en een Ier dan is het gauw gedoe.
Het schijnt dat onze Nederlandse jongens door hun collega's onbedaarlijk uitgelachen worden. Vooral toen een Zwolse commandant onlangs 'Give Eight' tegen zijn manschappen riep. Huilend van het lachen kropen de buitenlandse collega's over de binnenplaats van de kazerne.
Moet sowieso veel aan onze soldaten denken. Toch jongens die nog wel eens naar een bloot meisje in een blaad-

je willen kijken. Ik zie een legeroefening, een kampement, vrieskou, rijp op de scheerlijnen en soldaten die zich in deze kerstkou warmen aan een blad vol blote meisjes. De Spanjaarden kijken vertederd naar de spannende Dolores uit het eigenlijk altijd hete Andalusië. De Fransen klampen zich met hun ogen vast aan hun wulpse, bijna overdadige Brigitte, terwijl de Italianen zuchten bij een Siciliaanse van 23 lieve lentes. Ze wisselen de blaadjes onderling ook uit. Verandering van spijs doet dromen. Behalve de Nederlandse mannen. Die houden de blaadjes angstvallig onder hun dekens. Niet omdat de blaadjes te schunnig zijn, maar omdat het meisje te schamel is. De zus van Katja, een lieve vrouw voor wie je opstaat in de tram. Op leeftijd dus. Ze stond niet vooraan toen God uitdeelde. Dat is niet erg, maar toon het thuis aan de spiegel. Laat je man ernaar kijken. Maar ga niet ons leger internationaal ontmoedigen. Eerst dat belabberde Engels waar ze om worden uitgeproest en dan ook nog dat veel te bescheiden blote meisje dat al lang geen meisje meer is.

Komt het door de bijna vuttende hoofdredacteur, die regelmatig schijnt te dromen van een blote Catherine Keyl op waterski's? Zie de man af en toe in een societyrubriekje in een camera loeren en denk nooit: dit is de blootslager van Nederland! Dit is de man die mannen gaat opwinden met mooi vers vlees. Ik zie een gereformeerd brilmontuur, labradors, een goede middenklasser, D66, Vinex en een man die een goed gesprek kan voeren met Heleen van Royen. Een diepgaand gesprek zelfs. Ik zie die man de zus van Katja, die eigenlijk niet wilde, overhalen om het toch te doen. Ik zie hem aan de champagne omdat dit supermodel ja gezegd heeft. Hij heeft echter niet door dat de zus van Katja te braaf en te doorzon is. Dat het niets met erotiek te maken heeft. Zijn blaadje is opeens een breigids.

Dus onze militairen worden vierkant uitgelachen om hun abominabele Engels en dan moeten ze ook nog met de belegen zus van Katja onder de wol. Katja zelf is inmiddels een gezellige moeke uit een klein dorp, die me niet verbaast als ze bekent dat ze graag in haar moestuin schoffelt. Niks mis mee. Maar dan is haar jongere zus, die alleen bekend is als zus van Katja, niet echt de vamp voor het kerstnummer van onze nationale blootverspreider. Ik heb zeer met haar en onze soldaten te doen. Armoe. Dat is het. De stand van het land is overduidelijk. Onze mannelijke staat van opwinding uit zich via de zus van Katja zonder kleren. Foto's waarbij elke man denkt: lieverd doe iets aan. Een blaasontstekinkje heb je zo te pakken.

Later lekt er uit WikiLeaks dat we een veel lekkerder kerstding op de foto hadden kunnen krijgen, maar dat de bejaarde Hans Hillen dat niet aankon. Hij waarschuwde voor oorlog. Warme oorlog. Vandaar de zus. Arme soldaten.

Hofnarreslee

Het sneeuwt in de stad. En niet een beetje. Een dik pak sneeuw bedekt de daken, de bomen, de auto's. Dus ook op kinderdagverblijf Het Hofnarretje valt sneeuw. Dat gebouw kan wel wat verse sneeuw gebruiken.

Mijn hoofd probeert al een dag of wat te bevatten wat daar gebeurd is, maar mijn hoofd kan dat niet aan. Mijn hart ook niet trouwens. Mijn hoofd is te leeg en mijn hart te dom.

Vieze dikke leeftijdgenoten die naar Thailand reizen om met twaalfjarigen te wriemelen maken me al razend, kapelaans en pastoors die frunniken aan onschuldige misdienaars hebben mij en een eventuele god in de loop van mijn leven verder uit elkaar gedreven dan ooit, maar mannen die met kleuters aan de gang gaan... zuigelingen zelfs... Ik denk aan dingen als doodstraf door middeleeuwse martelingen, stenigen, brandstapels. Dingen waar ik normaal nooit aan denk.

Ooit heb ik zo'n kleuterneuker ontmoet. Een man die mij na afloop van een voorstelling zei dat hij mij wel geestig, maar veel te hard vond. Ik discussieerde nog even met hem. Over ethiek, geloof en moraal. Midden in het gesprek liep hij boos weg. Twee jaar later werd hij aangehouden met zes overvolle computers. Laptops vol krijsende kinderen. Duizend? Nee hoor, twintigduizend. Heb toen nog even het plan gehad om naar de gevangenis te gaan om de discussie daar af te maken. Maar dat vond ik te gemakkelijk. Daarbij wilde ik die ranzige viespeuk niet meer ontmoeten. Vlak na zijn vrijlating werd hij weer opgepakt. Nu met nog meer en nog smeriger materiaal.

Moet steeds aan het Bussumse slaapfeestje denken. Vooral aan die arme ouders die hun kinderen te goeder trouw aan die mensen meegaven. Het is toch raar dat kinderen van vier een zogenaamd uitzwaaifeestje krijgen omdat ze van de kinderopvang naar de kleuterschool gaan. Dan ben je als school toch al een beetje in de war? Dat dat niet gewoon met een glas limonade in het Amsterdamse lokaal gebeurde, maar twintig kilometer verderop in een Gooise villa in een kamer vol matrassen. De vrouw van de directeur heeft verklaard dat er niks gebeurd is. Dan nog vind ik het raar. Dat een zakenman zijn werk mee naar huis neemt snap ik, maar als baas van een hol met krijsende kleuters ben je toch blij als die krengen naar hun ouders zijn? Die neem je toch niet mee naar je huis? En dan ook nog om een nachtje te tukken? Dan klopt er iets toch niet helemaal? Of liever gezegd: helemaal niet!

Pamperseks. Kleuters! Zuigelingen! Hoe ziek moet je zijn? En wat is de volgende stap? Embryo's? Demente be-

jaarden? Dat voordat mevrouw Jansen euthanasie krijgt het hele verpleeghuis bij de directeur gaat slapen. Geen slaapfeestje, maar een zogenaamd inslaapfeestje. En dat later blijkt dat de directeur en een paar vrienden losgingen in hun Mickey Mouse-pyjama's! En dat eentje het gefilmd heeft en het daarna versleuteld over de wereld heeft gestuurd. En dat hele bisschoppenconferenties trillend onder hun mijtertjes daarnaar hebben zitten loeren. Met de Belgische bisschop voorop!
Soms word ik zo moedeloos van het leven. Al die volwassen viespeuken die alles bezoedelen. Vunzige pastoors, vieze kapelaantjes, therapeuten bij wie de tv vanzelf op porno springt, bejaarde Italiaanse politici die hem in kinderen van zeventien duwen.
Er valt sneeuw op Het Hofnarretje. Genoeg sneeuw voor een prachtig sneeuwballengevecht. Kinderen mogen gooien naar de juffen. De juffen gooien zachtjes terug. Terug op de lachende kinderen.
Er valt sneeuw op Het Hofnarretje. Genoeg sneeuw voor een lange tocht op een slee. Kraaiende kinderen met rode wangen onder warme capuchons. De warme chocolademelk wacht. Ze smullen van de gevulde speculaas.
Er valt sneeuw op Het Hofnarretje. Sneeuw voor wel zeven poppen. Sneeuwpoppen met een ontroerende schoorsteenvegershoed. Met twee stukken antraciet als prachtige ogen en een winterpeen als neus. Als neus. Gewoon als neus. En niks anders dan als neus. Neus, neus en nog eens neus.

Bomen over kerst

In mijn gelukkige jeugd vierden wij stevig kerst. Mooi geconcentreerd. Op de 24ste 's avonds werden de boom en het stalletje neergezet. De kerstboom kwam geen dag eerder. Bij ons is dat nu nog steeds zo. Ik kijk de laatste jaren met verbazing naar de huizen waar de kerstboom één dag na sinterklaas al staat te knipperen. Drie weken die boom in je kamer. Waarom? Dan heeft de kerst toch niks bijzonders meer?

Op Schiphol stonden de kerstbomen er dit jaar al op 20 november. Karige crisisboompjes. Dat wel. Ze vielen amper op. Iemand legde me uit dat Schiphol dat vooral doet voor de Amerikanen. Die schijnen dat prettig te vinden. Waarom doen wij dat voor die Amerikanen? Is voor hen toch ook niet leuk? Kunnen ze niks bijzonders over ons land vertellen omdat we gewoon een klein Amerika zijn. Vanaf november kitschbomen en je kunt hier op elke straathoek net zo vies eten als bij hen. Dan kunnen ze net zo goed thuisblijven. Je reist toch om iets bijzonders, iets authentieks te zien?

Het meest droeve is de overdaad aan zogenaamde win-

terwonderlanden op onze stadspleintjes. Komt dat ook uit Amerika? Ik heb het over houten huisjes met daarin echtparen die iets warms verkopen. Worstjes of chocomel of allebei. De echtparen dragen vaak een kerstmuts. Tussen de huisjes sjouwen nylonwindjackgezinnen met zo'n levenslange SBS-blik in hun ogen. Vaak ligt er nog een sneu schaatsbaantje bij. Met van die schettermuziek. Ik denk aan de mensen die aan zo'n pleintje wonen en maandenlang dat kermislawaai in hun kamer hebben.
Ik sla de nachtmis dit jaar over. Net als de laatste 35 jaar. Hoop in stilte dat het kindeke Jezus dit jaar een beetje behoorlijk aangekleed in zijn kribbe ligt. Ik zou hem uit voorzorg een skipak aandoen. Inclusief moonboots en een skibril. Dit om te voorkomen dat een of andere Belgische bisschop zich diep in de nacht gaat staan verlustigen aan de blote baby.
Of ik zin heb in de witte kerst? Absoluut. Ik vind het tot nu toe sowieso een topwinter. Ik heb het vrolijker dan vrolijk door die aandoenlijke NS, die een bepaald type trein Sprinter heeft genoemd. Dan denk je toch al gauw aan een fel optrekkend treinstel. Een furieuze loc die een stuk of wat wagons vonkend van Abcoude naar Breukelen trekt! Maar helaas. De praktijk is anders. Alle Sprinters staan stil. Een deel blokkeert de rails zodat er ook geen andere treinen meer langs kunnen. Waarom ze stilstaan? Ze zijn kaduuk! Sneeuwwater in de zekeringen, ijzel op de remblokjes en vastgevroren deuren die niet meer open of dicht kunnen. Door het strooizout kan het niet komen. Dat is namelijk op. De winter is drie dagen

oud en er is in ons hele land geen korrel meer te vinden. In alle landen hebben ze een strooizoutoverschot, willen dat ook best aan ons leveren, maar dat moet per trein aangevoerd worden en vanaf de grens is treinverkeer onmogelijk.

Eén advies: niet meer boos worden, niet meer schreeuwen om een tweede HELP, maar gewoon vrolijk grinniken. Heb de afgelopen weken een paar keer in een trein gezeten en gemerkt dat de passagiers zacht zuchten en lachen als de conducteur bekendmaakt dat de trein helaas niet verder gaat. Gelaten stapt men uit en geeft zich over aan... Aan niemand! De conducteur heeft ook verder geen informatie, er schijnen honderden machinisten hun trein überhaupt kwijt te zijn. Het zou me niet verbazen als de NS in maart treinen gaat tellen en er gewoon een stuk of dertig gemist worden. Misschien is er ook wel een heel station verdwenen. Opgelost in de mist.

Alleen al door de NS wordt het een topkerst. Alle zeikers mogen zeiken, alle zeurpieten klagen zich door de kalkoen en zitten verplicht tegen hun chagrijnige schoonfamilie aan te loeren. En ik? Ik bel de familie dat ik helaas niet kan komen. Geen treinen. Sorry. Zo jammer. Ja, het spijt mij ook!

Dwaze hoeders

Zal Trix die kersttoespraken zelf schrijven? Of heeft ze een handige copywriter die wat vogelt met opbeurende woorden voor het klootjesvolk? Vrees het laatste. Lijkt me ook onmenselijk om jaar in jaar uit zelf dit soort humorloze onzin op te moeten kalken. Daarbij gaat het ook helemaal niet om de tekst. Het gaat om de traditie. Dat je daar voor die boom zit en op deftige toon iets blaat over licht, vertrouwen, bezinning, geloof, geduld, respect en saamhorigheid. De bejaardenberg knikkebolt bij gebrek aan visite respectvol naar de televisie en de rest van het land is rond dat uur al prettig bezopen de tafel aan het dekken. Die hele toespraak interesseert niemand ene ruk. En dat weet Trix zelf natuurlijk ook. Ceremonieel klusje dat geklaard moet worden.

Grappig dat de dagen na kerst bepaalde journalisten er nog een serieuze analyse op loslieten. Zij zagen dat Trix een duidelijke vingerwijzing gaf! Dat ze zich niet zomaar laat wegzetten door de politiek. Ze was volgens een radiomevrouw duidelijker dan ooit. Terwijl ik dacht: wie interesseert dit kerstgezever nou nog? Oudbakken geleuter

voor gereformeerde kneveltjes en consorten. Wie zou het merken als ze volgend jaar gewoon de tekst van 1985 nog eens uitspreekt? Niemand toch? Het gaat toch om het plaatje? De koningin die geruststellende, moederlijke woorden blaat. Het sprookje vanuit haar onbereikbare paleis dat dit jaar zo romantisch in de sneeuw lag. Volgend jaar husselt iemand dezelfde woorden tot een nieuw prakje en kakelt ze dezelfde letters de ether in. En binnenkort mag haar zoon het doen. Net zo bekakt en vanuit dezelfde poppenkast. Wat een onzin.
Hoorde dat Lex en Max dit najaar een voorstelling bezochten van het jubilerende Jeugdtheater Hofplein in Rotterdam. Een deel van de oorspronkelijke tekst moest van de RVD worden aangepast. Een stukje over een nogal zwevende koningin moest eruit omdat dat te veel aan de chronisch hallucinerende Juliana deed denken. En aan de met dolfijnen bomende tante Irene natuurlijk. Zo zagen de prins en prinses een aan de familie aangepast stukje werkelijkheid. En binnenkort mag deze prins zich koning noemen en ons rond kerst toespreken?
Zou toch leuk zijn als Alex dan eist dat hij de kersttoespraak live mag doen en in normale straattaal keihard zegt waar het op staat. Hij veegt de vloer aan met alles en iedereen. Met Wilders, Cohen, Pechtold, Rutte, de deserterende Femke, maar ook met Sterretje van *Oh oh Cherso*, Yuri van Gelder, Louis van Gaal, Nigel de Jong, moslimterroristen, T-Mobile, kutmarokkanen en ondergetekende, die wat hem betreft een veel te grote muil heeft. Lijkt mij prachtig. En helemaal als daarna Máxima

nog even ongevraagd de micro grijpt en de roomse rukkers alle hoeken van het kinderdagverblijf laat zien. Van kinderen en misdienaars blijf je met je geile fikken af! Stelletje viespeuken! Ga neuken! Moedertaal dus!
Een smullend volk zit te smikkelen voor de buis. De koning en koningin spreken. Er wordt gelachen. Men is het met ze eens. Of juist niet. Er is discussie. Het gaat ergens over. De koning geeft toe dat het belachelijk is dat zelfs in een kindertheater teksten voor hem worden aangepast. Hij is toch niet dement?
En dat is hij zeker niet. Een paar weken na zijn bezoek aan het voor hem netjes gekuiste kindertheater zat hij namelijk samen met zijn moeder gezellig bij zijn Argentijnse schoonfamilie aan de kerstdis. En daar was geen enkele tekst aangepast. Daar ging het over alles. Dus ook over het leed dat oom Jorge Videla berokkend is. Alsnog levenslang op zijn oude dag! En ik vrees dat de Zorreguietaatjes daar niet blij mee zijn. Ze kennen oom Jorge te goed. Trix heeft geproost met de enge vader van Max. Dat heet een privébezoek. En dat snap ik zelfs. Maar zend op hetzelfde moment dan niet een wollige kersttoespraak vol opgepiepte vredesclichés uit. Op dit moment zitten ze er nog. Misschien wil Julio Poch de familie wel terugvliegen. Niet te vroeg uitstappen!

Oogje toeknijpen

De tonnen lagen in tonnen. In tonnen en tanks. Ik heb het over de kanker van Chemie-Pack die deze week in de hens ging. Mooi fikkie. Fraaie explosies. Leuke rampentelevisie.

'Ramen dicht,' riep de NOS een keer of veertig. SBS zei datzelfde wel honderd keer. Ook voor RTL was het een mantra. Omroep Brabant schreeuwde het. Net als de radiozenders, de websites van de kranten en die van de overheid. Welke website dat is? Dat is www.crisis.nl. Die was toch niet bereikbaar? Klopt. Overbelast. De overheid had zich niet gerealiseerd dat als er ook werkelijk een ramp is heel veel mensen tegelijk naar die site gaan. Foutje. Gaan ze wat aan doen. Toch weer wat geleerd.

Elke boerenheikneuter met de herseninhoud van een ons plankton weet toch dat in het geval van een echte crisis heel veel mensen naar die site gaan? Dan regel je toch op voorhand dat zo'n site nooit, maar dan ook nooit overbelast kan raken? De overheid niet. Die is daar nu achter en gaat daar wat aan doen. Ik vraag me ondertussen af of niet iedereen bij het zien van de inktzwarte wol-

ken automatisch de kinderen, het vee en de dementen binnenhaalt. Daar heb je toch geen radio, televisie, website of overheid voor nodig? De dementen vind je met je gps omdat ze een chip hebben.
Het Moerdijkse brandweerkorps bestaat uit vrijwilligers. De plaatselijke schoenlapper, opticien en glaszetter vormen een bluseenheid. Hun materieel bestond uit twee oude zinken tuingieters en een roestige spuitauto. Maar het gemeentebestuur wist toch dat dat Chemie-Pack een al jaren dampende tumor was en dat dat bij een eventuele calamiteit behoorlijk mis kon gaan?
Ja, dat wisten ze wel en het stond ook hoog op hun prioriteitenlijstje. Al zeker een jaar of twintig. Daarom is de burgemeester bijna blij dat er deze week echt iets gebeurd is. Mooie reden om te gaan praten over professionalisering van het brandweerapparaat. Een goed idee om een gemeentelijke calamiteitencommissie in het leven te roepen. De commissie wordt in de loop van 2014 operationeel.
En de rest? De kankeropslag? De werkwijze van andere bedrijven? Toch weer veel geleerd deze week. Niet alleen van het Moerdijk-brandje, maar ook van de Duitse dioxine-eitjes. Er gaat dus al jaren afgewerkte smeerolie in pluimveevoer en zo worden onze eieren kankerverwekkend. Ik zag de kippen weer met hun miljoenen snakken naar twee vierkante centimeter aarde en dacht: we zien het, we weten het en we staan het met open ogen toe. Of gaat de dierenpolitie van de PVV daar iets aan doen? Moet de politie sowieso de boel niet in de gaten houden?

Nee, die zijn te druk met Moerdijk boerkavrijhouden, een van de speerpunten van de plaatselijke PVV. Moerdijk is op dit moment boerkavrij en dat wil men graag zo houden. Er is een hoofddoekjesgedoogbeleid. Dat moet wel omdat mede door de vergrote kans op kanker veel mensen na een chemokuur met een sjaaltje om moeten lopen. Het zou vervelend zijn als dat niet mag omdat dat verboden is. Daarbij willen de bedrijven ook niet te veel controle en betutteling. En de gemeentelijke overheid wil ze graag te vriend houden omdat ze de voetbalclub, de hockeyvereniging, het carnaval en het klaverjassen van de bejaarden sponsoren. Het zou jammer zijn als de bedrijven op grond van irritatie met die welkome steun zouden stoppen.

En verder zal het gemeentelijke boerkaverbod versoepeld worden. De kans op misgeboorten is na deze ramp aanzienlijk. Meisjes met vier ogen, drie tieten en twaalfvingerige handen zullen normaal worden in het straatbeeld. Net als jongens die geboren worden met hun lul uit hun nek. In dat geval zullen we een boerka gedogen omdat we beseffen dat een lul uit een nek psychische schade voor een kind kan opleveren. En dat willen we niet. Dan zal de hoofdcommissaris een oogje dichtknijpen. Als hij tenminste nog een oogje heeft. Hij heeft namelijk vrij dicht bij het vuur gestaan.

Lachen!

'Mag ik een kilo Moerdijkse spruitjes?' vraagt de aardige meneer aan de groenteboer. Deze vraagt zeer eigentijds of hij mag weten wat hij ermee gaat doen.
'Kerstboomverlichting voor volgend jaar,' zegt de man.
'Ik weet niet of ze zo lang blijven gloeien,' antwoordt de groenteman.
'Dan eet ik ze wel op en ga tegen die tijd zelf als kerstboom in de hoek van de kamer staan. Dan heb ik weer eens een functie,' oppert de man een beetje somber.
Hij vertelt vervolgens hoe zinloos zijn leven is geworden. Hij is 58, de kinderen zijn het huis uit, op de zaak werd hij overbodig dus zit hij in de vut en zijn vrouw wil eigenlijk alleen nog met hem fietsen. Op maandag past hij op zijn kleinzoon van anderhalf en als hij dan samen met het kleine mannetje de eendjes voert, staat het huilen hem regelmatig nader dan wat dan ook. Hij denkt na over het werk dat hij heeft gedaan. Hij moest namens een grote sigarettenfabriek het roken onder de jongeren stimuleren en dat deed hij goed. Zo mocht hij politici benaderen en ervoor zorgen dat zij geen maatregelen tegen

het roken in openbare gelegenheden zouden ondersteunen.
Met de reclamejongens overlegde hij over het imago van de rokers. Cowboys werden ingezet. Stoere cowboys die genoten van een sigaret. Diep inhalerende cowboys. Geen hoestende rocheltrommels natuurlijk. Hij had de strijd wel een beetje verloren. Links kreeg het voor elkaar dat de kroegen rookvrij werden, net als de restaurants en de disco's en de stations en de ziekenhuizen en de treinen en de trams en... eigenlijk alles. Vandaar die vut. Nu golft hij af en toe tegen een gepensioneerde longarts tegen wie hij regelmatig grapt dat hij dankzij hem zo mooi woont. De longarts lacht keer op keer beleefd.
Hoe zinloos was zijn leven en hoe zinvol is het nu? Hij heeft geen idee.
Hij staat bij de groenteman en maakt het spruitjesgrapje. Humor is zijn benzine. Brandstof om vooruit te komen. Vooruit waarheen? Nergens heen.
Vorige week vroeg de computerwinkelier in een overvolle zaak of hij even het wachtwoord van zijn laptop wilde intikken.
'Dat mag u wel doen hoor,' antwoordde hij gevat. 'Het wachtwoord is hofnarretje.'
Iedereen lachte en dat deed hem goed.
Zo scharrelt hij zich door het leven. Per dag ploetert hij een paar uur op internet zijn humor bij elkaar. Vooral als het regent. Zijn vrouw heeft eigenlijk geen kind aan hem. Een van zijn nieuwe hobby's is twitteren. Dus als hij op Telegraaf.nl leest dat er in het Haagse Nieuwspoort co-

caïne is gevonden, dan schrijft hij dat volgens hem het hele Binnenhof al jaren aan de drugs is. En daar reageren anderen dan weer op. Zo geeft hij na de inbraak in het huis van Wes & Yo de moeder van Jan Smit de schuld. Die kwam de gastendoekjes terughalen. Een andere lezer vermoedt dat het de vrouw van Kluivert is geweest omdat de rekening van het sprookjeshuwelijk nog steeds niet geheel voldaan is. Zo brabbelt hij zich door de dagen.

'Anders nog iets?' vraagt de groenteman.

'Nee, mijn grapjes zijn op.'

Thuis achter zijn laptop leest hij site voor site de geruststellende overheidslulkoek over de Moerdijkbrand en denkt: wat is pr toch een prachtig vak. Je leven lang liegen en je zakken vullen. Dat de ministers in dat busje bleven vindt hij ronduit knullig, maar ook wel weer geestig.

Dan belt zijn beste vriend om te vertellen dat hij na dertig jaar roken getroffen is door longkanker. Hij weet niet zo goed hoe hij daarop moet reageren. Zijn vriend vertelt dat hij bestralingen en chemo krijgt.

'Je kunt ook een paar uur op het terrein van Chemie-Pack gaan wandelen,' probeert hij grappig te zijn. Aan de andere kant blijft het stil. Dan roept hij wanhopig: 'Humor is vaak het beste medicijn.'

'Klopt,' zegt zijn vriend. 'Ik lach me dood.'

Sjors van de Rebellenclub

Sjors ken ik een jaar of vijftien. Hij is een van de vaste gasten van mijn stamcafé. Een drinker en een zwijger met een zeer goed luisterend oor. Hij bestelt nooit verbaal, maar wijst de barkeeper steevast op zijn lege glas dat daarop altijd met een glimlach gevuld wordt. Wat Sjors precies doet voor de kost? Rijk getrouwd met een secreet en daar heeft hij een serieuze dagtaak aan. Hij mengt zich nooit in de discussie. Nee, hij spaart. Hij pot alles de hele avond op. En aan het eind, op de deurmat van de kroeg, met de klink in zijn klauw vat hij de stand van het land altijd even samen. In een vlammend betoog. Politiek, televisie, geloof, voetbal en andere zinloze zaken worden doorgenomen. Hoe oud hij is? Hij lijkt zestig, maar schijnt stukken jonger te zijn. Hij eindigt zijn monoloog altijd met de woorden: 'Oké, ik ben dronken, maar dronken mensen spreken al eeuwen waarheden als koeien!' Daarna buigt hij en verdwijnt in de nacht. Niemand weet precies waar hij woont. Ergens in Oost.

Afgelopen donderdagavond was het weer zover. Zes jenevers, een tosti zonder ham en negen bier leken zijn enige vrienden. Om kwart voor een hield hij het voor gezien. Met zijn hand maakte hij een schrijfgebaar richting de barman, die meteen begreep dat er niet betaald werd. Hij deed als altijd of hij het café verliet, draaide zich om en begon:

'Mijn naam is Sjors. Sjors van de Rebellenclub. Een rebellenclub met maar één lid. En dat lid ben ik. Ik ben werkloos, trek van de staat en ben daar trots op. Ik doe nuttige dingen met uw belastingcenten. Ik zuip ze op. Ik ben geen haar minder dan die grootgraaiers en klaplopers van Inholland, de beste onderwijzers voor onze kinderen. Die Dales en zijn maffia hebben ons grut de essentie van het bestaan geleerd. Aan jezelf denken!! Aan jezelf en aan niemand anders. Afvullen die zakken. Bulken zal je. Bulken van andermans centen.

Wat ben ik blij dat ik niet werk. Niet zoals onze topambtenaren Pieter de Gooijer en Richard van Zwol, de sneue vazallen van Balkenende en Verhagen. Droeftoeters die zich voor het partijkarretje van het CDA lieten spannen, die Bos moesten tackelen op verzoek van de gereformeerde onderkruiper Jan Peter en die roomse gluipkop Maxime. Ondemocratisch gekonkel waar zelfs Tunesische Ben Ali zich voor zou schamen. Uri Rosenthal heeft Pieter en Richard inmiddels verdedigd, maar over twee jaar blijkt via WikiLeaks dat deze woorden gedicteerd waren door de Amerikaanse ambassadeur. Dat hij dit moest zeggen! Eén remedie voor die onderkruipende ambtenaren: op bermbominspectie naar Afghanistan.

En nu op huis aan. Mag hopen dat ik Arie Boomsma bij mij thuis tref en dat hij met zijn zalvende messiaskop filmt hoe mijn zoon aan zijn moeder vertelt dat hij al jaren op cavia's valt en dat hij dat alleen maar durft te vertellen met de camera erbij. Ik zal die geile kijkcijferevangelist persoonlijk ketenen aan de muur. In een blauw tuigje. Namens de homoseksuele cavia's die niet op televisie willen! Ik ga op huis aan. Ruud Gullit bellen. En vragen of hij zijn baas Ramzan Kadyrov de groeten van Nelson Mandela wil overbrengen. Idealisten onder elkaar. Eén foute wissel en Ruud is van de aardbodem verdwenen. Geen baan voor Dickie Advocaat dus.
Wie ik ben? Ik ben Sjors, *The Voice of Holland*, zonder jury! En ik ga weg. Denk vanavond voor jullie gaan slapen allemaal nog een keer aan de burgemeester van Breda! Deze lieverd hoorde als plaatsvervangend voorzitter van de veiligheidsregio Midden- en West-Brabant vijf uur na het uitbreken van de Moerdijkbrand dat er fik was. Vijf uur! Ik herhaal: vijf uur! Hij was de laatste die in dit land op de hoogte was. Beter kun je ons koninkrijk niet samenvatten! En nu ga ik slapen. Slapen als een politicus. Oké, ik ben dronken, maar dronken mensen spreken al eeuwen waarheden als bla-bla-blaarkoppen!

Theetafelfotootjespolitiek

Lief land zijn we toch. De koningin overwoog deze week om Ben Saunders, de winnaar van de talentjesjacht *The Voice of Holland*, op Huis ten Bosch te ontvangen en ze vroeg zich af of Ben het leuk zou vinden als ze hem zijn onderscheiding niet op zou spelden, maar deze persoonlijk op een door hem aan te wijzen lichaamsdeel zou tatoeëren. Bijvoorbeeld op zijn reet.

Met een half oog keek ze televisie en zag het aandoenlijke duo Hillen en Rosenthal toezeggingen doen.

Geen tenten maar villa's! Dat zeggen we toe!

De op te leiden agenten leren eerst aap-noot-mies! Dat zeggen we toe!

En ze moeten hun veterstrikdiploma kunnen halen! Dat zeggen we toe!

Hazenpeper met kerst! Dat zeggen we toe!

De Nederlanders kunnen *Boer zoekt Vrouw* ontvangen! Dat zeggen we toe.

En jullie gaan er zelf af en toe kijken! Dat zeggen we toe!

En dan blijven jullie niet in je busje! Daar moesten ze nog even over nadenken.

De koningin zapte gewoontegetrouw naar de BBC en zag stomtoevallig een steniging in Kunduz. Een man en een vrouw hadden overspel gepleegd en werden letterlijk doodgegooid. Overspel? Zij was getrouwd met een stinkende neef met een rot gebit, die haar door haar familie was toegewezen. Zo wil Allah dat.
'En Nederland gaat zijn steentje bijdragen,' lachte ze zacht in zichzelf.
En ze wist: Dit grapje kon ze tegen die sneue Rutte niet maken. Ze mag überhaupt geen grapjes maken. Zoals ze ook niet aan onze premier mag vragen wat nou de werkelijke reden van deze zinloze missie is.
Het antwoord hoeft ze van hem niet te horen.
Dat kent ze toch al. Rechtse hobby. Hij wil niet uit de gratie bij Obama. Dat ingelijste fotootje moet op de theetafel bij mama Rutte in het bejaardenhuis. Mark in het Witte Huis. Mark haalt een wit voetje bij de neger. Een andere reden is er niet.
Ze zapte terug naar Nederland 1 en zag Jolande Sap in haar eerste en tevens laatste grote Kamerdebat. De schat had inmiddels in het openbaar verteld dat ze Rutte zelf gebeld had. Mark zat net bij zijn moeder aan een stamppotje met een kuiltje jus toen zijn telefoon ging. Hij zag het ontbrekende fotolijstje op de theetafel en beloofde Jolande dat ze alles kreeg wat ze maar wilde. Hans en Uri zouden het regelen. Mark hield zo van zijn moeder die in de andere kamer zijn overhemden stond te strijken. En voor die moederliefde mogen best wat jongens en meisjes in Afghanistan sterven.

Jolande Slap, dacht Trix en ging naar Teletekst. Daar las ze dat Gerd Leers in hoger beroep gaat tegen het besluit dat de 14-jarige Sahar niet naar Afghanistan mag worden teruggestuurd. Misschien kan het radeloze kind met Hans en Uri meevliegen.

Dit kon ze ook weer niet tegen Mark zeggen. Een kind van veertien, dacht de vorstin. Wat is er met mijn land gebeurd? Een kind van veertien dat hier tien jaar woont! Terug naar die woestijn. Heengezonden door Gerd Leers, die een paar jaar geleden nog een grote muil tegen meneer Wilders had. Een kind van veertien!

Beter naar Afghanistan dan naar Italië. Voor je het weet ligt het bij Berlusconi in bed. Zou dat fotootje al bij mama Rutte op het theetafeltje staan? Mark en Silvio!

Kan ik nog wel zappen? dacht Trix. Zappen zonder dat ik hoef na te denken.

Alles is zo beladen. Zie je Berlusconi, denk je aan Gullit die deze week tijdens zijn goedpraterij het WK in '78 in Argentinië erbij haalde. Toen was er volgens hem ook discussie geweest. Dertigduizend doden waren er gevallen in die vuile oorlog. Dertigduizend. Dan zou ik sport en politiek ook gescheiden houden. Zal er bij iemand in de wereld nog een ingelijste foto met Videla op de theetafel staan? Moeilijk onderwerp, dacht Trix, zeker in dit paleis.

Foto's op theetafels, dacht Trix, daarvoor sterven de kinderen aan het front. Ingelijste foto's. Niks meer, niks minder.

Saai leven

Het roestvrijstalen smoel waarmee die Uri Rosenthal in eerste instantie verklaarde dat hij er alles, maar dan ook echt alles aan gedaan had om het leven van de Nederlands-Iraanse Zahra Bahrami te redden. Mooi beeld. Met hetzelfde uitgestreken gezicht bood hij later zijn excuses in de Kamer aan.

Zonder een sprankje schaamrood gaf hij toe dat hij niet verder was gekomen dan een binnensmonds mompelen. Gewoon bij de koffieautomaat had hij gemompeld. Zonder een ambtenaar in de buurt. Verder had hij niks gedaan. Niemand gesproken, niemand gebeld, niemand gemaild. Niks doen heet in Den Haag stille diplomatie. Doodstille diplomatie zullen ze bedoelen.

Natuurlijk had Uri haar leven niet kunnen redden. In Iran doen die analfabeten drie van dit soort executies per dag. Ze kennen Nederland daar niet eens. Onze minister had, als hij gebeld had, hooguit een plaatselijke koddebeier aan de lijn gekregen. Een wijkagent in een oud postbode-uniform. Een Perzische snor die geen lettergreep Engels kent. Dat is niet erg, maar zeg dan niet dat je er alles aan gedaan hebt, terwijl je lekker hebt zitten patiencen op je computer.

Ook wel weer grappig dat hij er in de Kamer mee is weggekomen. Een kleine beschadiging had hij wel opgelopen. Althans dat las ik ergens. Niks beschadiging. Routinedebatje overleefd. Volgende patiënt. Wat is politiek toch saai.

Als dezelfde Uri nu vertelt dat hij er alles aan doet om verdere escalatie in Caïro te voorkomen laten we hem lekker uit zijn vette nek kletsen. Hij doet niks voor die arme Egyptenaren. Hij kan ook niks doen. Daarbij heeft Uri andere dingen aan zijn hoofd. Uri's auto moet nodig door de wasstraat, zijn zwager is bijna jarig en de via internet aangevraagde skipassen voor de wintersport zijn nog niet binnen. Dat zijn de zorgen van onze Uri. En tussendoor meldt Uri glashard dat hij de ambassadeur heeft gesproken.

Snurk, snurk, hupsakee.

Door dit soort zaken raakt het volk het geloof in de politiek kwijt. En terecht. Vraag is of dat geloof er ooit was. En daarbij: meer dan de helft van ons volk bestaat uit randdebielen. Deze week werd bekend dat een kwart van de PVV-stemmers serieus denkt dat Wilders minister is. Terwijl hij onze minister-president is. Dat weet Rutte ook. Nog zoiets saais: dit weekend is er een partijcongres van GroenLinks. Jolande Sap krijgt het daar zogenaamd zwaar vanwege haar steun aan die ridicule missie naar Afghanistan. Maar iedereen weet op voorhand al dat het gewoon goed afloopt met Jolande. Dat weet Jolande en

dat weten alle leden van die katoenen Greenpeace-tasjespartij. Jolande krijgt het helemaal niet zwaar. Toch zullen alle macrobiotische baarden en onbespoten groentevrouwtjes na afloop zeggen dat het een goed congres was. Al die sukkels zijn blij dat ze hun woordje mochten doen en gaan daarna weer lekker op huis aan. In de trein terug roemen ze de scharreleiersalade en het dwarsgebakken zuurdesembrood die bij de lunch geserveerd werden. Zelfs de yoghurt was links gedraaid.
Omdat het leven zo saai is heb ik een paar weken geleden maar eens een rekeningetje van 50.000 euro naar collega Erik van Muiswinkel gestuurd.
Zogenaamd namens de erven van Anton Geesink. Was zeer benieuwd hoe hij reageerde. Ik kwam erop omdat ons nationale poldersocietysetje Wes en Yo zo aandoenlijk had gereageerd op een persiflage in het satirische AVRO-programma *Koefnoen*. Ze begonnen een rechtszaak die later weer geschikt werd. Geeuw-geeuw. In eerste instantie reageerde Erik niet op mijn grapje, maar na twee aanmaningen heeft hij nu dan toch iets laten horen. Hij dacht eerst dat het een practical joke van Henk Spaan was. Maar die was het niet.
Ik was het. Of denkt Erik echt dat de kinderen Geesink hiertoe in staat zijn? Domheid slaat een generatie over. Het saaie leven. Vorige week wedde ik dat Djokovic na zijn overwinning in Australië zou afbellen voor Rotterdam. Ik schrijf dit stukje op vrijdagochtend. Het is nog niet gebeurd. Maar ik denk dat het wel goedkomt.

Nieuwsjunk

Gaat hij nou wel of niet? Ingewikkeld. Dit stukje, dat ik altijd op vrijdag schrijf, moet actueel zijn. Althans: dat wil ik. Soms kan dat niet omdat ik op vrijdag niet kan schrijven. Ik zit dan in een auto, trein of vliegtuig. Onderweg naar een vakantiebestemming. Zoals deze vrijdag. Ik schrijf dit stukje dus op donderdagavond. En het is nog niet zeker of hij wel of niet gaat. Het is wel aangekondigd. Hij gaat het vanavond zeggen. Iedereen verwacht dat hij afhaakt.

Ik moet ook nog eten. Belangrijk eten. Met een paar vrienden moet ik het een en ander op een rij zetten. Financiële zaken die geen uitstel dulden. Mijn vrienden en ik hebben ooit afgesproken dat we in cafés en restaurants onze telefoons uitzetten. Verplicht. We worden misselijk van de telefoonterreur. Twitterverslaafde sukkels die met een half oog op hun Blackberry hun soep lepelen. Verboden. Laatst zag ik zo'n uitgeluld stel in een sterrentent de hele avond sms'en. Zowel hij als zij. Het was hun redding. Maar bij mijn vrienden mag het dus niet. Uit dat ding.

Ik vraag dit keer dispensatie. Hoezo dispensatie? Omdat ik op reis moet en vannacht mijn stukje af wil tikken en omdat het nog niet zeker is of hij wel of niet gaat en... Ze kijken me vol medelijden aan. Youp als slaaf van zijn werk! Hoe hard heb ik daar vroeger op afgegeven? Keihard. Ik weet het. Maar nu moet het. De wereld zindert. Of zij dan ook hun telefoon aan mogen laten. Zij willen ook weten hoe het afloopt. Maar zij schrijven geen stukjes. Drie telefoons op tafel vind ik te veel. Overdreven!
Ik krijg toestemming. Eén keer per uur mag ik het nieuws checken. Kort en vlug. We nemen de financiële zaken door, maar zijn alle drie te rijk om het er lang over te hebben. Armoe is een leuker onderwerp. Zeker als je rijk bent. Dus hebben we het over Ajax, de landelijke politiek, de echtscheidingen in onze omgeving en over een paar faillissementen. Er wordt gelachen. Steeds op het hele uur mag mijn telefoon aan. Heel kort. Mijn vrienden blijven het raar vinden.
De wijn is mooi. Het eten top. Ik vertel over het gemeentelijke zwembad in het Britse Redditch dat vanaf volgend jaar verwarmd wordt door het naastgelegen crematorium. Grappig. Moet je uit solidariteit met de doden uitsluitend op je rug zwemmen? Met je ogen dicht? Een van mijn vrienden vertelt over het crematorium waar op het herentoilet een condoomautomaat hangt. Dit curieuze verhaal had hij van een vriendin gehoord. Die had het met haar eigen ogen gezien. Wat deed die vriendin op het herentoilet van een crematorium? Wat doet een condoomautomaat daar? Weduwes dienen niet te zachtzin-

nig getroost. Haar man in vuur en vlam, dus zij ook. Zoiets? Ik kijk weer op mijn telefoon. Nog steeds geen nieuws. Kan nu wel elk moment komen. Ik ga naar het toilet en bel mijn vrouw. Of het al bekend is. Nee, maar hij gaat het vanavond wel vertellen. De spanning is te snijden. Hij kan niet anders dan vertrekken! Het hangt de hele week al in de lucht.

We hebben het over Trix, die binnenkort haar aftreden aan gaat kondigen. Hoe ik dat weet? Het gonst op de redacties. De NOS werkt zich bont en blauw.

Dan roept een andere tafel dat hij weg is. Hij heeft het zojuist bekendgemaakt. De wereld staat inmiddels op zijn kop. Ik check het. Op NRC.nl staat niks. Volkskrant.nl heeft het ook niet. NOS.nl? Nul! Nu.nl zwijgt ook. Een andere tafel roept ook dat hij inderdaad weg is. Het hele restaurant is opgewonden. Iemand schreeuwt om champagne. Ik surf naarstig over het net. Washingtonpost.com? Niks! Lemonde.fr? Geen woord. Telegraaf.nl? Zullen zij het weer als eersten hebben? Het is niet mijn krant, maar eerlijk is eerlijk: ze zijn vaak vlug. En inderdaad: ze hebben de primeur. Het staat er luid en duidelijk: Danny de Munk stopt bij *Sterren dansen op het ijs*.

Swiebertjegehalte

Zit in een Zwitsers tuigdorp met veel Russische maffia, die hun vrouwen nog in minkjassen hullen en hun ski's door Aziatische au pairs van het chalet naar de lift laten sjouwen. Ik ski niet. Heb ooit, een jaar of twintig geleden, een been gebroken en ben er toen definitief mee gestopt. Was trouwens niet mijn eigen been, maar dat van een Zwitserse. In dit maffiaoord ronken de terreinwagens af en aan. In die auto's zitten de vermogensbeheerders van de op de vlucht geslagen dictators. Keurige, discrete bankiers aan wie je wel een miljardje of tien kunt toevertrouwen.

Nette mensen met chique namen, die het oude geld al eeuwen beheren. En het nieuwe geld in deze barre tijden goed kunnen gebruiken.

Of het hier duur is? In het appartement dat wij huren zit zowel in de keuken als in de badkamer een pinautomaat. De Zwitsers noemen dat service.

Het beste is om niet te bewegen. Doe ik dan ook niet. Ik lees en schrijf, terwijl mijn zoon en zijn vrienden skiën. Ga door een paar mooie boeken en lach hartelijk om de

Nederlandse kranten. Niet om de muffe, slechte en vooral oubollige cartoon over Geert Wilders op Joop.nl. Die site, ooit door de VARA opgezet als een linkse tegenhanger van geenstijl.nl, was ik eerlijk gezegd totaal vergeten. Er nu toch maar weer even heen gesurft. Begrijp dat de hoofdredacteur de smakeloze cartoon niet van de site gaat halen.

Principezaak! Snap ik. Laat zich niet chanteren. Snap ik ook. Maar hij had hem er nooit op moeten zetten. Hij bezorgt Geert met dit humorloze misbaksel een zeteltje of zes. Dat Geert door zo te reageren in zijn eigen val trapt hebben zijn kiezers niet door. Gratis tip van mij aan mijn vrienden van de VARA: nokken met dat Joop.nl. Met spoed zelfs. Aan dit soort opgelegde, humorloze linksigheid gaat de PvdA definitief ten onder.

Wel erg gelachen om de caviapolitie in Capelle aan den IJssel. Wethouder Joost Eerdmans ging samen met nationale ijdeltuit Henk Bleker voor een weitje met zes schapen op de foto. Fantastisch Swiebertjegehalte.

Hollandser kan de politiek niet worden. Kippen en kuikens creperen met miljoenen tegelijk in gruwelijke martelhallen, vetgemeste varkens huilen in modderloze hokjes ter grootte van een voederbak of ze alsjeblieft dood mogen, gekweekte zalmen hangen stoned van de antibiotica in veel te warm water en computergestuurde koeien eten slachtafval met een grasgeur. We laten een herbivoor vlees eten. Wettelijk goedgekeurd. En ondertussen stuurt Henk Bleker samen met de politieke charlatan Eerdmans twee malloten in uniform de straat op om te kijken of de hond van mevrouw Jansen niet naast het zakje poept. Die Eerdmans is trouwens behalve wethouder ook journalist bij de Telegraafzender *Wakker Nederland*. Heb inmiddels zijn interview met Geert tot me mogen nemen. Alsof Andries Knevel god de vader persoonlijk op bezoek had. Aandoenlijke televisie. Joost met erectie en het kwijl uit zijn mond.

Maar natuurlijk het hardst gelachen om Camiel Eurlings. Camiel met dat brouwnederlands, de permanent opgestoken duimen en 'die kop van een pas geschilderd draaimolenpaard'. Om de grote Jan Blokker met plezier te citeren. Hij schreef dit in 2004. Camiel heeft weer werk. Vertrok bijna een jaar geleden met een letterlijke kutsmoes uit de politiek. Hij koos voor het vrouwtje. Toen wist iedereen al dat dat niet waar was. U wist dat, ik wist dat, Camiel wist dat en dat vrouwtje wist dat helemaal. Het is zo heerlijk om hier op een Zwitserse alp je vooroordelen tegen Limburgse CDA'ers bevestigd te zien worden. Als een echte rat het zinkende schip op tijd verlaten. Wat zal Maxime hierna gaan doen? Is hij vast al aan het regelen. Misschien wel via Elco Brinkman. Wie weet kan hij een van zijn 921 nevenfuncties overnemen? Daarom heeft hij Elco natuurlijk als lijsttrekker gevraagd. Zo werkt dat.

Zag die Elco op een krantenfoto verkiezingsballonnen oplaten. Elco wordt de fractievoorzitter in de Eerste Kamer. Niet alleen de voorzitter. Hij wordt de fractie. De eenmansfractie.

Arme Elco.

Alaaf!

Toen de dochter van Henk Bleker aan haar vader vroeg: 'Zie ik je nog deze week?' antwoordde de staatssecretaris: 'Maandag bij *De Wereld Draait Door*, dinsdag bij *Ochtendspits*, woensdag bij Andries, donderdag bij Paul en Jeroen, vrijdag bij *Nieuwsuur* en zaterdag weet ik het nog niet.'

Ondertussen heeft Henkie aan een roedel boeren uit Markelo verteld dat hij niets moet hebben van de PVV en dat hij walgt van hun hoofddoekjesverbod.

Overduidelijke taal. Henk meent dat ook. Hij moet niets hebben van de PVV en hij walgt inderdaad van hun hoofddoekjesverbod. Maar de volgende ochtend kreeg hij van zijn baas, opperdraaikont Maxime, te horen dat hij onmiddellijk zijn excuses aan premier Wilders moest aanbieden. En dat deed Henk uiteraard. Veel te bang dat Geert de stekker uit zijn baantje zou trekken. Bleker heeft minder speelruimte dan een varken in de bio-industrie. Eten en liggen. Meer niet. Omdraaien kan niet meer.

Nederlandse politiek! Deze week vertelde minister Leers

dat hij onlangs een brief had opengemaakt die burgemeester Leers drie jaar geleden aan hem had geschreven. Het ging om een schrijnend asielgeval. Een zaak van leven op dood. Zo'n brief ligt dus drie jaar in een la op een ministerie. Ik dacht: die Leers snelt na de uitzending meteen naar zijn werk om de zakken ongeopende post diezelfde nacht nog weg te werken! Duizenden schrijnende gevallen schreeuwen om een oplossing.
Maar nee hoor, gladde Gerdje heeft belangrijker zaken aan zijn hoofd. Hij vertelde dat hij dit weekend lekker naar Maastricht is om carnaval te vieren. Misschien zit hij in de carnavalsoptocht wel in een oude brandweerauto. Die auto die hij ooit aan dat straatarme Bulgaarse dorp had beloofd. Daarbij mogen we blij zijn dat Gerdje in de polonaise loopt. Dan kunnen al die arme mensen, waar hij in zijn burgemeesterstijd nog mededogen mee had, nog even blijven. Na Aswoensdag flikkert hij ze stuk voor stuk over de grens. Niet dat hij dat graag doet, maar het moet van Geert. Anders belt Geert Maxime en dan weet je het wel. Vraag maar aan Henk, die overigens niets moet hebben van de PVV en walgt van het hoofddoekjesverbod.
Als ik Leers was, was ik allang knettergek van mezelf geworden. Ik kan me zo voorstellen dat Gerd af en toe een goede psychiater consulteert. Ik mag hem aanraden om dit zwart te doen. Zonder bonnetje. Niet om de poen, maar om de privacy. Psychiaters moeten tegenwoordig aan de verzekering melden waarom een patiënt op hun divan ligt. Dus in het geval van Gerd mag zijn verzeke-

ring weten dat hij last heeft van schizofrenie. Dat is niet meer het geheim van de patiënt en de dokter. Hoe ik dit weet? Niet van mijn psychiater, maar van professor Arnold Heertje. Hij schreef dit in een onthullende column over Marleen Barth, de lijsttrekker van de PvdA voor de Eerste Kamer. Marleen wil dit. Niet als fractievoorzitter van de PvdA, maar als hotemetut in de psychiatrie. Zij heeft net als al die Eerste Kamerleden een nevenfunctietje of zeventien. En als voorzitter van de overkoepelende organisatie van werkgevers in de geestelijke gezondheidszorg wil zij officieel het beroepsgeheim van psychiaters en psychologen aanpakken. Van de rechter mag dat uiteraard niet. Die heeft het allang ronduit inhumaan genoemd. Maar Marleen schijnt de minister te blijven bestoken. Doodeng wijf dus. Kortom: Leers, hou je gekte voor je zelf.

Doe ik ook. Balanceer trouwens wel weer op het randje. Zeker nu ik weet dat ons land de afgelopen jaren vrolijk wapens aan de hondsdolle psychopaat Kadhafi heeft geleverd. Dragen we toch weer ons steentje bij aan de duizenden doden die daar deze week zijn gevallen. Dat is die VOC-mentaliteit die ik in de Nederlanders zo bewonder. Wapens brengen waar wapens nodig zijn. Het bloed gutst van onze handen. En wat Bleker, Leers, Verhagen, Rutte en Geert daarop te zeggen hebben? Ik denk: 'Alaaf!'

Weet u trouwens dat Bleker niets moet hebben van de PVV en walgt van het hoofddoekjesverbod?

Louter losers

Natuurlijk is het erg wat Job gedaan heeft. Dodelijk zelfs. Die polonaise zal hem de rest van zijn leven achtervolgen. Joop den Uyl ging in 1974 in de tuin van het Catshuis ook in de fout, maar dat was anders. Toen viel er iets te vieren, was er gedronken, waren er voetballers bij, was het hele land euforisch lam. Nu was het ochtend, koffietijd. Koffie die je overigens niet rook. Alles speelde zich af in een geur van doordrenkte pampers.
Activiteitenbegeleidster Myrna Goossen had de leiding. Meneer Ribbens van kamer 23 zong nog één keer zijn oude hit. In die sfeer gebeurde het. Had Job geweigerd dan had men hem een zuurpruim gevonden. Hij deed het. Met besmuikt gezicht. Hij zag zichzelf lopen. Wist dat deze beelden eindeloos herhaald zouden worden. Welke spindoctor had eigenlijk voor dit muffe programma gekozen? Natuurlijk is er een bejaardenberg en ik begrijp dat die oudjes mee moeten murmelen, maar de PvdA heeft toch wel iemand anders die zo'n klusje kan klaren? De koningin stuurt in dat geval altijd Pieter of Margriet.

Waarom Job in die polonaise liep? Omdat hij domweg te aardig is. Opeens stond hij daar. To do or not to do. Hij nam de verkeerde beslissing. Hij deed het. Maar je moet voorkomen dat een man als Job zover komt. De spindoctors van de PvdA hadden hem een tijdje geleden ook al een keer in een soort poppenkast gezet. Die was toen door de partij zelf verzonnen. Het was een variant op *Achterwerk in de kast*, een VPRO-programma uit de tijd dat de bejaarden van Myrna nog aan de triatlon meededen. Wie verzint dit soort oubollige treurigheid in de tijd van Facebook? Zo heft de PvdA zichzelf toch op? Ze verhangen zich niet, maar het gaat pilletje voor pilletje. De PvdA is een bejaardenclub. Duizenden Myrna Goossens zingen 'En we gaan nog niet naar huis.'
Tragisch om te zien hoe politici zichzelf wurgen. Neem Maxime. Hij staat te boek als een roomse gluiperd en volgens mij is hij dat ook. Als hij ontkent dat ambtenaren verkiezingsspeeches van hem hebben moeten schrijven dan twijfelt iedereen. Misschien hebben ze dat inderdaad niet gedaan, maar wie gelooft Maxime? Ik durf trouwens te wedden dat ze het wel hebben gedaan. Dat ze dat moesten van de roomse gluiperd. Maxime is klaar. Kan zelfs geen burgemeester van Juinen meer worden. Het is trouwens niet alleen klaar met Maxime, het is klaar met het hele CDA. Met die sneue Henk Bleker als curator. En dat faillissement komt niet door Dries van Agt, Veerman of Hannie van Leeuwen. Uitsluitend door Maxime. En niemand anders. Vergeet bijna collega-gluiperd Eurlings. Sorry Camiel.

Maar de grootste verliezer van deze week is Mark Rutte. Hij riep in zijn overwinningsroes: ‘We geven Nederland terug aan de Nederlanders!’ Maar dat meende hij toch niet? Dat is toch tekst voor dat provinciesikje Machiel de Graaf? Dit schurkt toch tegen Janmaat aan? Dit zijn toch geen woorden van een echte liberaal? We zijn toch niet bezet, Mark? Dat je regeert bij de gratie van de PVV snap ik en dat je ze een beetje naar de rechtse bek moet praten begrijp ik ook. Maar Nederland is toch al van de Nederlanders? Hoeft toch niet terug? Oké, we hebben wat meer kleuren gekregen. Er is een god bij gekomen. De zoete geur van oma’s appeltaart uit die veilige jaren vijftig gaat inderdaad nooit meer overheersen. Je ruikt pizza, shoarma, kebab en... appeltaart. Het is een mengeling geworden. En ook niet nerveus over vluchtelingen roepen dat dat probleem in hun eigen regio opgelost moet worden. Vluchtelingen waren in het rijke Nederland toch altijd welkom? Daar ben ik juist zo trots op. Anders word je zo’n sneue Volendammer, die een onschuldig meisje haar hoofddoekje verbiedt, terwijl ze twee meter verderop toeristen voor miljoenen per jaar in debiele klederdracht staan te hijsen.

Kortom, Mark, hou je in. Je partij is de VVD en niet de PVVD! Dus: gedraag je!

De vrouw van de minister

De vrouw van de minister is in de war. Erg in de war. Net als de minister. Sinds wanneer? Sinds hij zegt dat hij minister is. Is hij minister? Hij zegt van wel. Zij denkt van niet. Op een dag zei hij dat hij gevraagd was. Gevraagd om minister te worden. Minister van wat? Minister van Defensie! Hij had al ja gezegd. Zij begon onbedaarlijk hard te lachen. En belde de huisarts om te zeggen dat haar man in de war was. Randje psychose.

'Hij zegt dat hij minister wordt. Minister van Defensie!' fluisterde ze tegen de dokter. Die zei dat hij dat inderdaad werd. Het stond al op *Teletekst*. Zij hing op en nam de volgende dag een andere huisarts.

Die is trouwens ook alweer vervangen. Omdat hij gek was volgens de vrouw van de man die zegt dat hij minister is. Ze zag op een avond *Jiskefet* op televisie. Bij Ivo Niehe. Jiskefet bij Ivo Niehe. Ze zette de tv uit. Niet alleen met de afstandsbediening, maar ook op de televisie zelf. Ze drukte de knop lang en diep in. En ze trok de stekker eruit. Daarna belde ze haar nieuwe huisarts om te zeggen dat ze ijlde. Jiskefet bij Niehe. Of deed iemand Ivo Niehe

na? Dat het een grap van Jiskefet was. De huisarts had het ook gezien. Niks grap. Niehe was Niehe en Jiskefet was Jiskefet. Andere huisarts dus.
Maar ze is dus in de war. Omdat haar man minister speelt. Op het ministerie zelfs. Daar wordt hij ondertussen vierkant uitgelachen. Niemand trekt zich iets van deze minister aan. Hij roept af en toe dat hij de baas is. Van de landmacht, de luchtmacht en de marine!
'De Koninklijke Marine,' roept hij dan en salueert naar zichzelf in de spiegel van het herentoilet. Charlie Sheen staat naast hem en fluistert: 'Zo ouwe Gooise tijger! Geloof in jezelf. Dan komt het goed!'
En dit vindt zijn vrouw zo erg. Daar is ze zo van in de war. Haar man was lief. Is lief. Lief en oud. Morsig oud. Hij deed ooit iets in de politiek. In de periferie. Krabbelde wekelijks een stukje in *Elsevier*, het lijfblad van rechtse bejaarden. Maar niemand las dat. Elsevier komt in de aanleunwoningen amper uit het cellofaan. En hij mocht wel eens in de fauteuil bij Harry Mens. Het viel de drie kijkers van Harry vooral op dat hij roos op zijn blauwe blazer had. Meer niet. Opeens werd hij gevraagd door Maxime, de kat in het nauw. Op zoek naar ijdele partijfossielen. Zij heeft het steeds gezegd: 'Niet doen Hans. Niet doen. Denk ook aan de kinderen. De kinderen en de vrienden van de hockeyclub. Ze gaan over je kletsen.'
En nu is ze in de war. Hij speelt minister en koekeloert elke ochtend door een kiertje van het gordijn of er vijandige tanks door de straat rollen. Bij ieder vliegtuiggeluid kijkt hij haar vragend aan en zegt: 'Duitsers?' Zou zo-

maar kunnen. Zijn ambtenaren vertellen hem namelijk niks.

Ondertussen gelooft hij in zichzelf en zijn politieke wereld. Afgelopen donderdag verdedigde hij Petra Kouwenberg, de Gelderse PVV-lieverd die vergeten was dat ze twee nationaliteiten had.

'Dat kan gebeuren,' opperde de minister 'Als baby overkomt je dat en dan ben je er nog niet echt bij met je kleine hoofd!' Vervolgens ging hij alle laatjes in huis doorzoeken. Misschien had hij ook nog ergens een extra paspoort.

Of hij niet op het ministerie moest zijn?

'Niemand zit op deze minister te wachten,' lachte hij licht mysterieus.

'En die drie mensen van die helikopter? Die kwamen toch vrij?'

'Die gaan eerst vakantie houden in Griekenland. Op kosten van de Marine! En worden opgehaald met een dienstauto uit Den Helder. En die dienstauto rijd ik. Want ik ben de minister!'

Waarna hij zacht danste op het Perzische tapijt, terwijl hij riep: 'Maar eigenlijk ben ik spaghetti. Italiaanse spaghetti!'

Fukushima mon amour

'Heeft u verder nog vragen?' zei het goedgeluimde meisje van de informatiebalie bij wie ik zojuist mijn ING-rekening had opgezegd.

'Ja,' antwoordde ik. 'Ik heb nog drie vragen. Bestaat God? Heeft hij internet? En zo ja, kijkt hij op YouTube naar de Japanse tsunamifilmpjes?'

Het was even stil aan de andere kant, waarna ze vertelde dat het bankprotocol haar niet toestond om op dit soort religieuze kwesties in te gaan. Daarbij had ze geen geloof. Haar man wel. Die werkte bij dezelfde bank. Hij gelooft in de mammon. Alle bankmensen geloven in de mammon, de grote geldduivel met zijn opwindend geurende bonussen! Zijn grote voorbeeld is Jan Hommen, de hogepriester van de ING. Hommen presteert het om in tijden dat de bank net gered is door de overheid één en een kwart miljoen euro extra mee te graaien. Dat is knap van Jantje. Daar heeft haar man respect voor. Ik vroeg haar of haar man een stropdas draagt. Natuurlijk draagt hij die. Alle mannen bij de ING dragen een stropdas. Bij alle banken trouwens. In de meeste functies is de stropdas

zelfs verplicht. Ik vroeg of ze iets wist over de stropdasdiscussie, die op dit moment binnen de Amsterdamse VVD woedt. Ja, vaag! Ik legde haar uit dat alle in de mammon gelovende mannen verplicht een stropdas dragen en dat veel liberalen dat daarom zien als een ongewenste religieuze uiting. Ze willen niet dat mensen in overheidsfuncties symbolen van een geloof tonen. Geen keppeltje, geen kruisje, dus ook geen stropdas. Daar zijn de VVD'ers helder in. De filiaalchef van de HEMA in het Belgische Genk wil zelfs geen stropdassen meer verkopen.
Het aardige meisje van de informatiebalie suggereerde dat de Amsterdamse VVD niet wil dat mensen in overheidsfuncties een stropdas dragen. Ik legde haar uit dat de banken tegenwoordig ook tot de overheid behoren.
Toen vroeg ze of er op dit moment geen belangrijker kwesties waren. Ze doelde op Libië. Of wij mee moeten vechten.
'We hebben er al een heli staan,' opperde ik voorzichtig.
Wat ik van Japan vond. Of ik de filmpjes van de ramp had gezien. Natuurlijk!! Puur amusement. Spannend, live, vers. Daar kan geen Spielberg tegenop. Ik vertelde haar dat ik zo smakelijk had gelachen om een Nederlandse meneer die er op de radio bloedserieus over klaagde dat de Keukenhof ook hinder ondervindt van de ramp. Normaal komen veertigduizend jappen naar de tulpen en narcissen loeren en die blijven dit jaar weg. Ik suggereerde dat de hoeren daar dus ook last van krijgen.
Toeristen mogen in het museumloze Amsterdam graag op een meisje gaan liggen.

Ook jappen moeten af en toe bunga bunga doen. Dat hoerenlopen wordt binnenkort enorm ingewikkeld. Voor het neuken moet je eerst een nummer bellen om te checken of de dienstdoende snol niet in de Berlusconiklasse valt en of ze wel netjes haar btw afdraagt. Dan pas mag je erop gaan liggen. Heb ondertussen begrepen dat de peespas voorlopig niet doorgaat. Bij ons thuis was-ie al omgedoopt tot poespas.

Het informatiebaliemeisje vond het een raar gesprek op de vrijdagochtend. Ik ook. Waarom ik wilde praten? Omdat ik verdrietig was. Verdrietig om veel te veel. Het krijsende Midden-Oosten, het radeloze Japan, de bonussen van haar bazen en om de advocaat van de Amsterdamse pedo die op televisie uitlegde dat zijn cliënt geen geweld tegen de kleuters heeft gebruikt omdat hij altijd een glijmiddel bij zich had.

'Soms red ik het even niet,' fluisterde ik tegen haar. 'Dinsdag was het enige onderwerp op het Mulisch-loze Boekenbal dat het Boekenbal Mulisch-loos was! Daar had de elite het over. Op het moment dat de wereld aan de vooravond van een gruwelijke atoomramp staat praat men over Mulisch en zichzelf! En heel veel jongens droegen een stropdas!'

'Wat wil je?' fluisterde het informatiebaliemeisje zacht.

'Ik wil met je naar Rotterdam, naar Blijdorp. En daar gaan we een weekend lang naar de kleine ijsbeer Vicks kijken. Heel lang en heel stil!'

'Ik kom eraan,' zei ze teder.

Code 3333

Dus Mabel was niet de Zweedse schone die samen met de Royal Haskoning-ingenieur met een Hollandse heli van het Libische strand moest worden opgepikt. Jammer. Het had mij niet verbaasd als ze het wel was geweest. Zeker niet toen ik deze week las dat Berlusconi de spelregels van de bunga bunga-feestjes geleerd had van zijn vriend Kadhafi. Ik kreeg mooie visioenen. De lichtzinnige prinses, die in haar jonge jaren veel geleerd heeft in een vooronder van een zeilbootje op de Wadden, opgewonden in de weer met wat Libische Bruinsma's met wie ze ondertussen ook allerhande louche zaken doet. Iets met wapens. Via Joep van den Nieuwenhuyzen. Goed begin van een spannend boek. Het komt het koninklijke gangstermeisje alleen slecht uit dat net op dat moment de internationale pleuris uitbreekt. Eerst belt ze naar haar brave man Friso; die zet in paniek zijn almachtige moeder in en die geeft de suffe Hillen domweg een bevel. Trix heeft met haar vader voor hetere vuren gestaan.

Zo geestig dat het commando van *Hr. Ms. Tromp* op die

zondag de MIVD niet kon bereiken. Het was weekend. Het antwoordapparaat stond aan. De MIVD is geopend op werkdagen van negen uur 's ochtends tot vijf uur 's middags.

Buiten kantooruren geen militaire acties. Door de explosieve situatie in de Arabische wereld is het door de week al druk genoeg. Lief, lief Nederland dat deze week stond te trappelen om in Noord-Afrika mee te mogen vechten. De internationale gemeenschap reageerde niet echt enthousiast. Srebrenica ettert toch nog door. Een moeilijk weg te wassen schandvlek. Uiteindelijk mogen we deze week de Noren bijtanken. Meer niet. Lijkt me ook beter gezien het feit dat we een minister hebben die van zijn santé werkelijk niet afweet. Een vriend van mij kent Hansje Hillen persoonlijk, heeft zelfs zijn mobiele nummer en luistert regelmatig zijn Vodafone-voicemail af. Hij liet mij horen hoe iemand het volgende had ingesproken: 'Hallo Hans, hier Uri. Even over je vraagje over Syrië. Daar wordt wel degelijk bloed vergoten. Ook al zegt de Syrische overheid dat het meevalt. Je moet dat soort autoriteiten niet altijd geloven. O ja, Syrië heb ik even laten opzoeken. Het ligt in de buurt van Irak, Turkije en Libanon. Damascus is de hoofdstad en het is geen democratie. De meeste wapens waarmee de opstandelingen daar worden neergeknald zijn door ons land geleverd. Maar hou dat maar stil. Sterkte met de lastige Kamervragen komende week. Maar daar lul je je wel weer uit, ouwe reus. En als ze je wegstemmen moet je gewoon per heli vertrekken van het Binnenhof. Dat is dan weer humor! Ga dan graag met je mee.'

Die vriend van mij heeft veel meer nummers. Ook dat van Gerrit Zalm. Op zijn voicemail stond een woedende Jantje Hommen van ING die zojuist gehoord had dat minister De Jager de miljoenen aan bonus van Gerrit en zijn directievriendjes had tegengehouden. Jantje had het over losers en hij voelde zich ronduit bestolen. Hij had trouwens een trucje om het geld op een andere manier te ontvangen. Via het buitenland. Gingen zij ook doen. Heel simpel. Gerrit moest hem maar bellen.

Daarna belden we de voicemail van Rik van den Boog en hoorden een ziedende Cruijff. Of Rik wel wist wie Bergkamp was. Of hij liever Marco Borsato in de ArenA wilde laten optreden omdat die nog een paar miljoen van de incompetente Ajax-directeur kreeg. Hoeveel ze tegen Spartak Moskou hadden gespeeld? En tegen ADO. Of Rik wist waarom het bij Barcelona zo lekker liep. Wiens adviezen hadden ze daar opgevolgd? Tot slot wenste Johan hem veel succes in de WW.

Uiteindelijk belden we de voicemail van Bernhard, het zakelijke zoontje van Pieter en Margriet. In onvervalst Amsterdams hoorden we: 'Vuile tyfushond, veel te rijk geboren nepprins, ga godverdomme gewoon werken in plaats van met je enge vriendjes een arme weduwe weg te procederen uit haar snackbar. Schaam je, luizige nitwit.'

Zelden ben ik het zo met iemand eens geweest.

Paniekvoetbal

Mijn absolute dieptepunt als Ajax-supporter? Toen afgelopen augustus de moddervette Mido een contract kreeg. Negentig kilo cafébezoek kwam nog even wat geld opstrijken. Ik hoorde van mensen binnen Ajax dat ze de Egyptenaar, die tien jaar geleden als achttienjarig jochie een wedstrijdje of dertig bij Ajax speelde, niet eens herkenden. Er waggelde iets vadsigs door de gang, een dikke schoonmaker, een wildvreemde meneer die enthousiast reageerde op oude bekenden. Maar niemand zag wie hij was. Hij moest zijn eigen naam noemen. Mido! Hij kwam voetballen. Handjeklap tussen Martin Jol en de een of andere malafide zaakwaarnemer. Mido? Mido? Niemand geloofde hem. Hij moest zijn paspoort laten zien. Als bewijs. Bewijs dat hij Mido was.

Toen wist ik: de club is ziek. Doodziek. Als de voorzitter en/of de directeur van Ajax dit niet kunnen tegenhouden dan klopt het niet. Ajax, de trots van Amsterdam, de club met de overvolle prijzenkast, ooit de kampioen van Europa en de wereld, heeft een spits met een gigantisch overgewicht. Vriendje van een vriendje van de trainer.

Daklozenopvang. De bank, waar de man de komende maanden vooral op terecht zou komen, werd door een timmerman verstevigd. Dat er stoelpoten uit de bestuurskamer voor gebruikt werden wist het bestuur toen nog niet. Eindhovense vrienden sms'ten mij in die tijd of WeightWatchers de nieuwe sponsor werd. Burger King kon ook. Het was het moment waarop ik als supporter wist: revolutie. En wel zo snel mogelijk.

Geen rapporten meer, geen nieuwe beloftes, geen mooie woorden en zeker geen commissies. Een ander bestuur en een andere directie. Mensen die ingrijpen als het misgaat. Echt mis. Mensen die nooit, maar dan ook nooit toestaan dat er bij een voetbalclub moddervette Mido's door de catacomben sjouwen. Woensdag was het zover. Zachtzinnig is het niet gegaan. Er zijn koppen gerold en er zullen er nog een stuk of wat vallen. Of het ordinair ging? Ja. Zoals bij alle revoluties. Verkeerde namen zijn er ook genoemd. Die van Danny Blind en David Endt. Koppen die niet gaan rollen. Domweg omdat niemand dat wil. Morgen zingt het stadion: 'Danny Blind, wie kent hem niet? Danny Blind, Danny Blind is een echte Ajacied.'

En dat zingen de supporters morgen ook voor David. En ik zing mee. Als de rook is opgetrokken en het stof is neergedwarreld zitten zij gewoon nog op hun plek. En terecht. Dat weet Cruijff ook. Alles ligt inmiddels op straat. Het oude bestuur en de nog zittende directie hebben de sms'en, mails en uitgetikte voicemails van het kamp Cruijff aan het AD gegeven. Netjes? Nee! Paniekvoetbal in blessuretijd. Cruijff staat 7-3 voor en de scheids ademt in om af te blazen. Wel heerlijk die kromme voetbaltaal van de Messias en zijn apostelen. Genot om te lezen. Poëzie *pur sang*. Cruijff en consorten corresponderen al jaren via De Telecruijff. Nooit een kritisch woord over Johan in deze wakkere krant.

Dat maakt die soort journalistiek zo sneu en geestig tegelijk. Het is een smerige oorlog, maar voor supporters en columnisten is het smullen. Wat zijn rancune, wraak, kinnesinne, jaloezie en macht toch een heerlijke ingrediënten voor een gastronomisch mediamaal. Schitterend autistencircus die voetbalwereld. Moest erg lachen om de terugtredende Uri Coronel, die ging vertellen wat voor dreigende taal de tegenpartij had uitgeslagen. Het was ruzie Uri en ruzie gaat nooit zachtzinnig. In ruzies wordt gedreigd en gescholden. Zeker in voetbalruzies. Of ik voor Cruijff ben? Ja! Er moet iets gebeuren en het bestuur van zachte heelmeesters heeft te lang gedraald. Te softe pluchekleevers. Te lang te veel ijdele John Jaakkes rond de bestuurskamer.

Het gaat er nu hard aan toe, misschien zelfs te hard, maar een dikke plaat verdient een stevige moker. Wat er moet gebeuren? Ajax moet weer een voetbalclub worden. Geen sovjet met zeven verschillende, stroperige bestuursorganen. Weg van de beurs en terug op het veld! Voetballen. Naar voren. Goaltjes maken. Jonge, dartele spitsen en nooit, maar dan ook nooit meer een nijlpaard als Mido op de bank.

Hebben maakt zijn

Ik sta op de Dam en ik kijk. Ik kijk naar de wereld. Dames die met overvolle tassen De Bijenkorf verlaten en van wie ik weet dat ze tegen deze kwaal behandeld zouden moeten worden. Shoppen is officieel een psychische aandoening, een heuse ziekte. Veel mensen lijden eraan. De Bijenkorf in en er niet met lege handen uit kunnen komen. En altijd met te dure dingen. Rare oogschaduwtjes, belachelijke mascara's, debiele rimpelcrèmes en andere overbodige zaken. Te grote speelgoedbeesten voor hun kleinkinderen, te gietijzeren pannen voor hun keuken terwijl ze nog geen kop thee kunnen zetten en te dure kleren die vooral lijken op de kleren van de andere dames op de hockeyclub.

Niet alleen in het veld gaat het om hetzelfde tenue. Ook in het clubhuis. Juist in het clubhuis. Zowel bij de mannen als de vrouwen. En zeker bij de kinderen. Van jongs af aan worden ze door hun ouders in merkkleding gehesen. Het merkje zat vroeger onzichtbaar in de kraag, maar tegenwoordig prijkt het al jaren op de borst. Iedereen een polospelertje. Ooit begon het met een krokodil-

letje. Daar zijn wat tranen om geplengd.
Het is een ziekte. De Bijenkorf in en de boel niet kunnen laten staan, liggen of hangen. Het moet mee. Aan de ene kant de Kalverstraat in en er aan de andere kant uit als een te zwaar bepakte muilezel. Mee moet het. Mee naar het te dure huis dat het gezin al jaren in een wurggreep houdt. Je wordt iemand in een bepaald stuk katoen. Dan tel je mee. Je bent iemand. Een van de rest. Of je onderscheidt je juist. Hebben maakt zijn.
Onlangs werden rijke mensen bestolen, heel rijke mensen, Breukhovens en Boekhoorns. Er werden kluizen ontvreemd. Bij zowel de een als de ander lagen er voor miljoenen aan horloges in die brandkasten. Dat heet 'klokkies' in die kringen.
Je kunt tegen deze ziekte behandeld worden. Nog niet ingeënt, maar er zijn pillen. Antidepressiva. Pillen die de chronische onvrede wegnemen. Die je behoeden voor het aanschaffen van zinloze zaken. Natuurlijk is het leven zinloos, maar een knuffelgiraffe van een halve meter hoog lost het grote levensraadsel niet op.
De pillen zijn gemakkelijk te krijgen. De huisarts geeft ze graag. Al is het maar om van het gezeik af te zijn. Dat die mutsen niet steeds weer in de spreekkamer komen snotteren.
En niet alleen de rijken slikken. Miljoenen mensen werken hun ongeluk op die manier weg. Of ze er minder door gaan shoppen? Ik hoop het niet voor De Bijenkorf. Ze gaan door tot hun creditcard kreunt.
Gisteren las ik dat asielzoekers heel moeilijk aan antide-

pressiva kunnen komen. Ze krijgen het gewoon niet.
Waarom niet?
Te duur.
Nederlandse reden dus. Terwijl die mensen toch wel aan een tabletje toe zijn, lijkt me. Oorlogje in het hoofd, martelingetje of wat achter de rug, kinderen kwijt, familie verloren, broertje dood en pijnlijke littekens. Medische indicatie, zou ik durven stellen. De meesten hebben geen geld om het ontspannen van zich af te shoppen. Ze dolen ontheemd door een superrijk land. Als ze tenminste mogen dolen. Meestal zitten ze in een kaal asielzoekerscentrum te wachten op allerhande procedures. De wetten van de harde Leersjes. Je zou zeggen: geef die mensen een pilletje tijdens het wachten. Een pilletje tegen die krankzinnige lamlendigheid. Dat ontheemde gevoel, die totale machteloosheid. Nederlanders surfen over het internet langs de vakantiesites, een vrouw zegt tegen haar man: 'Zullen we dit jaar voor de afwisseling eens naar een democratie gaan? En niet naar Lampedusa. Veels te druk.'
Ik zie een man in de schaduw van het lelijke Nationaal Monument op de Dam, het monument van de vrijheid, de zwaar bevochten vrijheid, lang, lang geleden. Hij kijkt naar de massa die De Bijenkorf verlaat. Een op de vier slikt pillen tegen de depressie. Hij draait zich om naar een zinloze toerist en vraagt een vuurtje.

Bedorven kalfsvlees

Kalbfleisch! Mooi woord. Zeker als je het goed Duits uitspreekt. Gedisciplineerd. Herr Kalbfleisch! Klinkt toch anders dan kalfsvlees. Herr Kalbfleisch zit in de shit. En niet een beetje. Beticht van meineed en corruptie. Vriendje bevoorrecht. Corpsballenmaatje. Een zekere Westenberg heeft het klusje voor hem geklaard. De zaak kwam aan het rollen door een wraakzuchtige ex, die niet mals was met haar beschuldigingen. Niet in de dorpskroeg geuit, maar onder ede bij een rechtbank. Kalbfleisch ontkent uiteraard, Westenberg ook. Het gaat om een zaak tussen Van Andel en ene Jan Poot. Een proces over dure grond bij Schiphol. Poot verloor van Van Andel, een hele goede vriend van Kalbfleisch. Deze mocht ooit vakantie vieren in een huisje van Van Andel. Met de wraakzuchtige ex. Gratis uiteraard. Nou gratis? Achteraf de duurste vakantie ooit.

Kalbfleisch is voorlopig geschorst. Dan kan hij zich concentreren op de zaak. Hij heeft veel schijn tegen. Hij gaf als voorzitter van de NMa nog wel eens klusjes aan Westenberg. Goed betaalde schnabbeltjes. Nou mogen rech-

ters niet bijbeunen, dus gebeurde het op naam van de vrouw van Westenberg. Iedereen voelt de jeuk en de pukkeltjes. Juridisch gekonkel van zogenaamd onkreukbare juristen.
Als alles waar blijkt te zijn dan is het een geweldige overwinning voor de krasse bejaarde Jan Poot. De 86-jarige zakenman heeft al die jaren geroepen, geschreeuwd, gekrijst en gefluisterd dat de zaak stonk. Dat het niet deugde. Hij plaatste paginagrote advertenties in kranten. Jan vertelde keer op keer dat het niet klopte. Hij schijnt miljarden te gaan claimen. Zou geweldig zijn als hij die kreeg. Hij is een straatvechter naar mijn hart. Knokken tot het gaatje.
Het lekkerste aan de zaak is natuurlijk dat er liefde in het toneelstukje meespeelt. Een teleurgestelde ex. De griffier in dit geval. Zij deed het met Kalbfleisch. Neemt zij na jaren wraak? Die dient koud gegeten te worden, dus het zou zomaar kunnen. Is het privéwrok of gaat het haar echt om het onrecht dat die Jan Poot is aangedaan? Moeilijk om dat los van elkaar te zien. Begreep dat de vrouw ook bang is. Bang voor Westenberg en Kalbfleisch? Zullen de heren wat maffiosi op de dame afsturen? Dat zal toch niet?
En hoe zit het met Kalbfleisch en Van Andel? Was Kalbfleisch de familie Van Andel nog wat schuldig? Dat er in de studententijd ooit iets is voorgevallen tussen de heren? Iets met een mutsig kakkermeisje? Zou toch geweldig zijn. Dat het verder gaat en dieper. Dat het uiteindelijk over een ontvreemde ijsmuts gaat of een college-

shawl. Zoiets onbenulligs. Dat dat voorval de uiteindelijke oorzaak van de val van Kalbfleisch is! Dan heb je een boek en een film en een toneelstuk. Niet veel later de musical. Prachtig toch?
Ik vind het heerlijk nieuws. Het lucht me op. Toch wat verward door de chaotisch begonnen lente vol Japan, Alphen en Baflo. Nieuws dat je niet wilt. En dan wil Bonnie St. Claire ook nog dood. Althans dat las ik. Dacht eerlijk gezegd dat ze jaren geleden al was overleden. Nee, ik wil geweldloos nieuws. Nieuws zonder doden. Een lekkere Haagse rechtbankbeerput die goed stinkt. En waar nog veel meer troep uit komt. Misschien weet Kalbfleisch ook nog wel wat over vroegere collega's. Andere corrupte rechters, die ook in de vakantiehuisjes van de familie Van Andel met eenzame griffiertjes lagen te hutseflutsen. Misschien wordt wel bekend dat de familie Van Andel jarenlang alle bedrijfsuitjes van de Haagse rechtbank financierde. Heerlijk lijkt me dat. Allemaal van die onverstaanbare corpsballen in de getuigenbankjes! En de rechters die die zaken behandelen blijken ook weer corrupt. Iedereen wraakt iedereen. Mij zou het niet verbazen. Maar dan vallen er misschien wel slachtoffers: Kalbfleisch eindigt hangend aan een brug, Westenberg gaat voor een Intercity, de griffier neemt een overdosis. Groot Italiaans drama. Hoe het eindigt? Op al hun begrafenissen zingt Bonnie. Die komt er door de affaire weer helemaal bovenop.

Real Adje

Mijn zoon in Amerika en ik skypen regelmatig. Wat we skypen? Dat hofnar Albert Drent weer een crèche begint en dat hij die in plaats van 'Vlinderhof' beter 'Kwik, Kwek & Kwakkie' kan noemen. Skypen wij uit krenterigheid? Ook.

Het scheelt duizenden euro's. En je kunt elkaar zien. Hij belt met zijn vrienden via Facebook. Ook al gratis. Ik doe dat zelf via T-Mobile. Ik vind Duitsers gezelliger. KPN heeft dus niks aan ons. We zijn niet de enigen die de Hollandse trots links laten liggen. Ze zijn gewoon te duur. Het gaat dan ook niet goed met KPN.

En nu is iedereen opeens boos op Ad Scheepbouwer. Adje is onlangs iets te joviaal vertrokken. En ook nog eens bulkend van de bonussen. Terwijl hij wist dat er vijfduizend mensen uitgeflikkerd zouden worden. Da's niet lief van Adje. Toch neem ik het voor hem op en geef vijf punten:

1. Een bonus van miljoenen is goed voor het milieu. De graaier koopt er doorgaans een rare villa of een gênante boot van. Eentje. Als hij de bonus gedeeld had met zijn

werknemers dan waren er zo weer een paar duizend van die burgerlijke caravans bij gekomen. Die hutten moeten achter auto's, die auto's zuipen meer benzine en ze worden meestal in stukken natuurgebied geplempt. Zonde. Een stevige bonus naar slechts één persoon is beter voor het milieu.

2. Adje heeft duizenden mensen eruit geflikkerd. Prachtig toch? Die zaten toch maar een beetje hun neus leeg te graaien in een kantoorkolos.

Vergaderen, rapportje schrijven, beetje bellen, nog een rapportje, bedrijfsuitje regelen, vrije dagen inroosteren, werkoverleg plannen, enzovoort. Niemand mist die mensen. En zij missen KPN niet. Adje heeft ze verlost. Nu kunnen ze lekker vissen in het kanaal of proberen om in zo min mogelijk keren een balletje in een gaatje te krijgen, een wandelingetje met hun kleinkind naar de eendjes, hun demente moeder wat vaker water geven, enzovoorts. Alles beter dan je zinloze leven slijten in een doelloos kantoor.

3. Adje heeft ervoor gezorgd dat heel veel kanslozen in India aan de slag kunnen. Kinderen priegelen met hun kleine wriemelvingertjes Blackberry's en iPhones in elkaar. Adje heeft ervoor gezorgd dat we niet meer zonder deze dingen kunnen. Verder worden de meeste callcenters daarheen verplaatst. Duizenden sloebers houdt hij daardoor van de straat. Hij zorgt dat ze te eten krijgen. Ik noem dat ontwikkelingshulp.

4. Die jongens uit India komen daardoor niet onze kant op. Hooguit om een potje te cricketen. Ze blijven lekker

daar met hun grote gezinnetjes. Iets waar de anderhalf miljoen PVV-kiezers blij mee zullen zijn. En de PVV-haters ook. Want de PVV wordt daardoor overbodig. Sterker nog: de PVV'ers trekken richting India omdat daar werk is. Hoop niet dat ze daar door Houd India Bruin worden tegengehouden. Want dan komen we nooit van ze af.

5. Veel mensen zijn boos omdat Adje bij zijn afscheid dit massaontslag heeft verzwegen. Doe niet zo flauw. Je gaat een feestje toch niet verpesten? Je roept toch niet in je afscheidsspeech: 'Ik ga weg en jullie allemaal ook! Alleen ga ik vrijwillig!' Dat zuipt toch niet lekker op zo'n receptie? Nee, er staat bij dat soort gelegenheden een triomfboog bij de deur. En het applaus moet heftig zijn. Daarna gaat de directie over tot de orde van de dag. In de stijl van Adje, die er in de loop van zijn carrière veel meer dan 5000 uitgeflikkerd heeft. Ontslaan is daar een routineklusje.

Daarbij moet zijn opvolger ook aan zijn bonusjes denken.

Ik vind het zielig voor Adje. Zo'n mooi afscheid en nu de strontkar, het pek en de veren. Beetje het Real Madrid-gevoel. Juichend met de cup door de straten en voor je het weet ligt de beker op de grond en wordt-ie geplet door je eigen spelersbus. Vermorzeld zelfs. Treurig? Ja! Maar mooie beelden, dus een hoop amusement.

Beschaving

Deze week waren mijn vrouw en ik in Rome en we zagen hoe de stad overvol hing met banieren van paus Johannes Paulus II, die morgen officieel zalig verklaard wordt. Je ziet hem in de weer met een kind waar hij vertederd naar kijkt. Tot een paar jaar geleden dacht ik daar niks bij, maar sinds ik weet hoe ontelbaar veel viespeuken er in die katholieke kerk ronddolen kijk ik toch anders naar zo'n zogenaamd onschuldig plaatje. Als ik de publiciteitskardinaal van het Vaticaan was had ik voor een andere foto gekozen. Iets met een gerimpeld oudje of zo. Al was het maar om een ranzige Belgische bisschop te pesten.

Het zijn mooie dagen voor het naar sprookjes hunkerende klootjesvolk: gisteren dat koninklijke getut in Londen, vandaag het aandoenlijke oranje gehaspel in Limburg en morgen het onzalige gemuts van al die stijve mijters in Rome. En het zijn niet alleen gouden tijden voor het gepeupel, ook de elite wordt op haar verwende wenken bediend. De tweedehands provincielord met zijn zacht loensende eega, die gisteren op de achterste rij

van Westminster Abbey zaten, hebben de afgelopen maanden in hun vriendenkring een keer of negenhonderd rondgebazuind dat ze waren uitgenodigd. Ze waren erbij!! Weliswaar in een zijbeuk en ook nog eens achter een hele dikke pilaar zonder zicht op het koninklijke setje, maar ze waren erbij. Dat konden Tony Blair en zijn vrouw niet zeggen. De lord en zijn gade zijn er maanden druk mee geweest. Vooral haar hoedje was belangrijk. Ze is alle hoofddekselnichten in de regio af geweest om uiteindelijk met die halve kokosnoot met die veer thuis te komen. Achteraf het belachelijkste hoedje van de hele kerk. Het was maar goed dat ze achter die pilaar zat.
Wat is dat gedoe toch allemaal lekker middeleeuws. Ik geniet zo van de simpele zielen die afgelopen week langs de route in Londen gekampeerd hebben om een glimp op te kunnen vangen van Wim & Keetje. Net zoals van de gelovigen die hun laatste spaargeld in dat reisje naar Rome hebben gestopt.
Vroeger wilde ik er als atheïstische republikein nog wel eens iets denigrerends over zeggen, maar ik word ouder dus milder. Ik laat ze met rust. Niks mooier dan een van ontroering sniffende bejaardenberg. Niks mooier dan een koninklijke poppenkast en een kerkelijke kermis. We betalen ervoor. Belasting. Net als voor de lantaarnpalen. Als ze maar op tijd branden. Dat geldt ook voor prinsen en pausen.
De roddelbladen verschijnen volgende week een paar dagen eerder zodat het volk de plaatjes nog eens tot zich kan nemen. Daarna is het voetbal weer belangrijk. De

Heilige Messi en consorten. Wat maakt het uit?
Drie dagen gekte. Drie mediacircussen op tournee. In Londen was gisteren de grootste, dan komt die in Vaticaanstad en pas daarna het kleine romantische oranje circusje van ons. Een koekhappende Mabel.
Toch denk ik dat die Britse bruidegom gisteren nog wel eens gedacht heeft hoe zijn leven anders had kunnen lopen. Als deze gekte er niet geweest was.
Als zijn mooie moeder niet was opgejaagd door paparazzi, die haar namens het hongerige volk de dood injoegen. Het hongerige volk dat recht had op een plaatje van haar en de een of andere Egyptische minnaar. Parijs! 31 augustus 1997! Iedereen weet het nog. Het tunneltje. Het bloed kleeft aan de handen van de fotografen en hun hoofdredacteuren. Zij zijn de opdrachtgevers. Die telelenzen hielden die aardige William gisteren onder schot. En niet alleen gisteren. De prins heeft levenslang. Ik denk dat hij en zijn broertje toch anders kijken naar dat fotografenspul. Zeker gisteren. Zouden ze niet af en toe de neiging hebben om een stengun te pakken en die types meedogenloos te doorzeven? Ik denk dat ze dat regelmatig dromen. Vaker dan u denkt. Maar ze doen het niet. Waarom niet? Dat heet beschaving.

Grettaketet

In mijn geliefde Bergen aan Zee zag ik hoe legerhelikopters water uit de Noordzee schepten om dat zilte nat vervolgens op het smeulende duinlandschap te gooien. De duinen brandden omdat onze plaatselijke pyromaan weer eens had toegeslagen. Inmiddels denkt men hier dat het niet om één fikkiestoker gaat, maar om meerdere. Pyromanie is een besmettelijke ziekte. In een van de kranten stond onlangs de vrolijke kop: *Pyromanen steken elkaar aan.*

Ik zag de archiefbeelden van Ground Zero en andere onheilsplekken en rook onderhand fik. Geurentelevisie. Even dagdroomde ik dat de blushelikopter Osama uit zijn zeemansgraf zou tillen. Dus dat hij na zijn dood ongewild zou helpen een duinbrand te blussen. Grappig na al die fikkies van hem. Dan zouden we wel het definitieve bewijs hebben dat hij inderdaad dood is.

Er wordt veel gespeculeerd over zijn einde. Hij zou zijn vrouw als schild hebben gebruikt. Je kunt veel over Osama zeggen, maar op essentiële momenten gaat hij wel achter zijn vrouw staan. Interessante foto van Obama die met een clubje naar het onverdoofd slachten van Osama kijkt. De standrechtelijke executie is inmiddels door sommige deskundigen veroordeeld. Hij had een eerlijk proces verdiend. Is dat zo? Het is oorlog en in oorlog is er geen tijd voor eerlijke processen. Osama zelf deed ook niet echt aan hoor en wederhoor. Toch snap ik dat zijn medestanders, de mensen voor wie hij opkwam, anders tegen zijn dood aankijken. En er door ontregeld zijn.

Neem Gretta, die net als Bin Laden regelmatig opkomt voor de Palestijnen. Zij was woensdag nog totaal van slag door zijn dood toen er in een restaurant in Amsterdam-Zuid, waar zij met een klein gezelschap at, om acht uur om de gebruikelijke twee minuten stilte werd gevraagd. Het was tenslotte 4 mei. Gretta vond dat mooi. Dat zei ze tegen haar gezelschap. Echt een geweldig initiatief van het restaurant. Dat zei ze niet na die twee minuten, maar na een seconde of dertig. Er was op dat moment al een toeristentelefoon afgegaan, dus alle reden om het zwijgen te verbreken. Andere eters stoorden zich eraan en vroegen haar te zwijgen. Domme vraag. En toen was het oorlog in een restaurant in een stadsdeel waar ooit de meeste Joden woonden. Greetje, zoals Gretta eigenlijk heet, flikkerde ook nog eens van haar stoel. Volgens haarzelf kwam dat door medicijngebruik en volgens de ober klopt dat als je wijn onder de medicijnen rekent. Hierna ging ze ook nog eens langs de tafeltjes om over de Palestijnse zaak te oreren. Uiteindelijk werd de politie gebeld en is ze door twee agentes zachtjes naar buiten begeleid. Onder applaus van de aanwezigen. Dat is dan weer gênant.

Volgens Gretta viel het allemaal wel mee en berust de hele zaak vooral op een misverstand. Is dat zo? Ik zou in haar geval zorgen dat ik tijdens de twee gevoeligste minuten van het jaar buiten beeld ben. Ik zou geen risico nemen en voor de zekerheid een vol uur mijn muil houden. Misschien is een hele dag zwijgen nog beter. Gewoon doodse voorzorgstilte.

Ondertussen flikkert half Nederland weer een keer over haar heen. Het woord moffenhoer is nog net niet gevallen. In *De Telegraaf* las ik afkeurende woorden van de VVD'er Hans van Baalen. Dat mag opmerkelijk genoemd worden. Zeker als je weet dat er wordt beweerd dat Hans ooit als stomdronken corpsbal het Horst Wessellied stond te brallen.

Het gezelschap waarmee Gretta in het restaurant zat heeft purper van schaamte afgerekend. Op dit moment overlegt haar familie druk met de huisarts, die er serieus een geriater op wil zetten. Zo kan het niet langer. In het restaurant is ze, nadat het al een keer eerder misging, niet meer welkom. Tip van mij: bescherm haar, vooral tegen haarzelf. Volgend jaar zou ik haar op 4 mei lekker naast de Damschreeuwer in een politiecel zetten. Ik verzin wel een of ander winkeldiefstalletje.

Verboulevaren

'Dan heb ik al die jaren voor niks gedroomd,' zei mijn vrouw toen ik haar vorige week zaterdag vertelde dat onze minister van Financiën nicht is. Ze keek verdrietig voor zich uit en pakte in een radeloze beweging haar telefoon. Ze had zes oproepen gemist. Allemaal van haar beste vriendin.

En zeven sms'jes van andere vrouwen. Ze gingen allemaal over hetzelfde. Dat De Jager uit de kast was gekomen. Dit had niemand verwacht.

Ik zat onderhand ook somber voor me uit te kijken. Niet omdat Jan Kees van de heren is, maar omdat ik het op Teletekst gelezen had. En niet op de teletekst van RTL of SBS, maar op die van de NOS. De publieke omroep dus.

De NOS meldde mij op pagina 101 bloedserieus dat Jan Kees de Jager, onze minister van Financiën, een herendubbel plezieriger vindt dan een ouderwets potje mixed. Volgens mij moet die goede man dat zelf weten. Al doet hij het met zestig haringen in een ton of stoeit hij drie keer per week met een roedel loopse nonnen, hij gaat zijn gang maar. Ik wil hier niks over weten.

Althans niet via de NOS. Die hadden het overgenomen uit *De Telegraaf*. Die krant handelt in dat soort rommel. Net als roddelprinsje Albert Verlinde met zijn *RTL-Boulevard*. Maar laat die ranzige rotzooi bij die geboren viespeuken. Daar moet een NOS zich toch niet aan willen branden.

Twee dagen later kreeg ik echt de doodklap. *De Volkskrant* meldde serieus dat Jan Kees de Jager aan de man was. Niet aan de drank of de drugs, maar aan de man. Een heuse kop in dit ooit zo linkse ochtendblad.

Ik hoorde Jan Blokker woelen in zijn urn. Ik ben geen man van ingezonden brieven, zal ook niet gauw mijn abonnement opzeggen, maar als ik in mijn ochtendblad moet lezen over de seksuele geaardheid van een minister... als nieuws... dan twijfel ik toch even. Langer dan even zelfs.

Wat is er aan de hand dat bijna alle serieuze media langzaamaan verboulevaren?

Waarom wil *de Volkskrant* zijn lezers melden dat meneer De Jager het met een andere meneer doet? En niet in een tussenregel, maar in een apart artikel met een vette kop erboven! Ik kan daar lang op kauwen en vraag me ondertussen af of ik de enige lezer ben die zich hierover verbaast.

Over uit de kast komen gesproken. Ik doe het. Nu! Hier. Daar gaat-ie: ik ben nicht! Zo ervaar ik het zelf nog niet, maar al mijn Amsterdamse vrienden maken mij ervoor uit. Homo. Mietje. Softe zak.

Waarom? Ik ben al bijna veertig jaarseizoenkaarthouder

bij Ajax, heb in die periode weinig wedstrijden gemist en na een aantal grijze, graatmagere jaren hebben ze dit weekend een kansje om kampioen van Nederland te worden. En ik ben er niet.

Ik heb in januari, toen het er onder Jol nog in zat dat ze nacompetitie moesten spelen, een liefdesvakantie met mijn vrouw geboekt. Ik dool met haar over een eiland.

Ja, morgenmiddag ook. Het schijnt dat ik het via een schimmige Chinese site kan volgen. En dat zal ik ook doen.

Maar ik had er natuurlijk bij moeten zijn. Mijn vrouw bood nog aan de vakantie te verplaatsen, maar uitstel zou afstel worden. Gewoon geen tijd meer.

Volgens mijn vrienden verpest ik de markt. Volgende keer zullen hun vrouwen op een essentieel moment roepen: 'Neem een voorbeeld aan Youp, die vond de vakantie met zijn vrouw belangrijker dan een dom potje voetbal! Hij koos voor haar. Dat is pas liefde!'

'Zeg tegen je tribunemakkers maar dat je ziek was!' smeekten ze mij om hun eigen supporterstoekomst veilig te stellen.

Ik lach zacht en denk het mijne. Maar mijn vrouw gaat voor. Dan maar homo.

Of ik dat echt ben? Dat leest u maandag in *de Volkskrant*.

Solohooligan

Misschien is het een idee als die geile DSK zijn enkelband om zijn machtige geslacht van 30 centimeter draagt. Dan kan hij echt geen kant meer op. Na het betalen van een karig miljoentje is hij voorlopig vrij. Zijn socialistische Franse vrienden zijn daar vast blij mee. Zij spraken schande van het feit dat de kamermeisjessnuffelaar door de New Yorkse politie behandeld werd als een gewone verdachte. Hij zat namelijk opgesloten tussen ordinaire criminelen. En dat terwijl hij internationale topbankiers gewend was. Wat scheelt het? Waar is de tijd gebleven dat de socialisten zich in eerste instantie bekommerden over een aangerand kamermeisje?

Interessant dat medelijden met een verdachte. Deze week staat er een zowel sneu als fascinerend omslagartikel in *Elsevier* over Jan van V., de hoofdverdachte in de beruchte vastgoedfraudezaak. Een zekere Leon de Winter, die zichzelf in het stuk opvoert als beroemd schrijver, spreekt schande over de arrestatie en detentie van deze Jan van Vlijmen, zoals de man werkelijk heet. Allereerst lees je over het ranzige arbeidsverleden van Jan en dat wordt door De Winter weggezet als slim zakendoen. Het meest opmerkelijke van het stuk is dat het op verzoek van De Sfinx, zoals Van V. in zijn fijnzinnige vastgoedwereldje wordt genoemd, is geschreven. Een kompaan van Jan belde Leon met de vraag. En Leon deed dat. Na ongeveer een seconde of tien wikken en wegen. Het artikel is vooral aandoenlijk en je krijgt al lezende zielsveel medelijden met de schrijver, die aan het eind ook nog eens door Van Vlijmen op grootse wijze besodemieterd wordt. Wat brengt iemand zo ver dat hij zich als het paard van de melkboer voor de Porsche van een witteboordencrimineel laat spannen? Er staan quasiliteraire passages in over een favoriete koffiemok en het smeren van de boterhammen voor de kinderen van de vastgoedmeneer. Passages die een schoolkrant niet gehaald zouden hebben.

Krijg ik begrip als verdachte? Ik schrijf dit stuk vanuit een Italiaanse politiecel. Ik zit hier sinds zondagavond vast in Syracuse op Sicilië omdat ik helemaal alleen het kampioenschap van mijn voetbalclub vierde. Ik kwam straalbezopen mijn hotel uit, liep de eerste de beste souvenirwinkel binnen en veegde al het Siciliaanse aardewerk uit de schappen. Hierna trapte ik op het plein wat cafétafels om, trok wat terracotta bloembakken uit de vensterbanken, ramde wat etalageruiten uit hun sponningen en maakte de gealarmeerde politiemannen uit voor een stelletje bunga bunga-fascisten.

Mijn vrouw heeft de agenten later uitgelegd dat dit geweld een Amsterdamse traditie is. Een vorm van extreme vreugde. Echte blijheid.

'Mijn man zijn voetbalclubje is na zeven jaar modderen eindelijk weer een keer kampioen en dan mag hij van mij altijd even los!' glimlachte ze tegen de verbaasde rechercheur. Daarna biechtte ik de agent heel eerlijk mijn zeventien biertjes en negen sambuca's op. Gisteravond vertelde mijn vrouw dat het er eerlijk gezegd wel een beetje zielig uitzag. Zo'n radeloze solohooligan in het beeldschone Syracuse. Ze herinnerde me aan het feit dat ik inmiddels 57 ben. 'Zeven jaar geleden was je vijftig en toen waren jullie met een mannetje of dertig. Dat zag er woest aantrekkelijk uit. Van die boze, blije, bevrijde mannen. Ik werd toen nog ouderwets wild van je, maar nu moet je het niet meer doen,' sprak mijn vrouw medelijdend.
'Maar wat moet ik dan?' fluisterde ik. 'Zo is mijn leven totaal zinloos!'
Daarop deed ze mij een prachtige belofte. Vanavond als ik vrijkom ga ik naar ons hotel, zet me naakt op de rand van het bad en dan komt zij na een uurtje verkleed als kamermeisje binnen. Op het moment dat zij de minibar controleert sla ik toe. En als alles achter de rug is vertel ik haar over mijn frauduleuze handelingen in de vastgoedsector. Ze heeft me alleen aangeraden er niet bij te snuiven. Want dan kan ik het me na afloop niet herinneren. En dat zou jammer zijn!

Raarzeggers

Las gisteren dat Dominique Strauss Kahn (DSK) van triootjes hield. Hij met twee dames. Dat u niet denkt dat hij nog een andere bejaarde hengst in het hotelbed duldde. Nee, Dominique deed het regelmatig met twee dure snollen, die hij oppikte in een chique nachtclub. DSK was volgens de dames lief en teder. Dus anders dan tegen dat kamermeisje. De hoertjes kregen allebei vijftien centimeter. Eerlijk delen. Op zo'n moment moet toch een keer de telefoon zijn gegaan. Angela Merkel met iets urgents over de failliete Grieken. Iets van om en nabij de 100 miljard. Mooi beeld: die dampende snollen aan dat oude, hitsige lijf en aan de andere kant van de telefoon die gietijzeren, oerdegelijke Merkel. En zo wordt er over de toekomst van een land beslist. Twee minuten later belde Angela met eurocommissaris Kroes over iets anders. Niet wetende dat die net bij een zwaar aan de drugs verslaafde waarzegger zat. Ze hing op een stoel die nog warm was van de kont van Nina, Holleeder of Paarlberg. Lekker stoeltje dus. Ook Neelie en Angela spraken over honderden miljoenen.

'Wat moet ik doen?' vroeg Angela wanhopig.
'Ogenblik!' riep Neelie en keek onderhand hulpeloos naar haar waarzegger, die geconcentreerd in een glazen po met lauwwarme ochtendurine zat te loeren. Snel zocht Neelie daarom via haar andere mobieltje contact met een licht demente sterrenkijkster, maar die was net in gesprek. Waarschijnlijk met prinses Irene of Sjoerd Kooistra. De waarzegger niesde op dat moment de poeder uit zijn neus en Neelie verstond een overduidelijk: JAAAA!!!!
'Oké,' zei Angela. 'Dank voor het heldere advies.'
Of ik verbaasd ben? Nee! Merk alleen wel dat je niet meer hoeft te blowen, snuiven of te drinken om een surrealistische kijk op de wereld te krijgen. Bloedje nuchter lees ik over een Eindhovens voetbalveld dat 48 miljoen waard is, een Cristiano Ronaldo voor wie 180 miljoen geboden wordt en ene Berlusconi die opkomt voor Mubarak, de oom van zijn zestienjarige geliefde! Ondertussen ben ik nog altijd niet uit de Senaatsverkiezingen van afgelopen week. Het is me nu een keer of zestig uitgelegd, maar ik zie een Bibelebonse berg vol SGP'ers, Jan Nagels, PVV'ers, ChristenUnie-gerefo's, dolende Zeeuwen en een immer blije Rutte. Wat ik vooral prettig aan de uitslag vind is dat die Adri Duivesteijn niet in de Eerste Kamer gekomen is. Rara waarom? Geen idee, maar ik vind het prettig.
Gisteravond was ik een van de gasten van de jarige Máxima bij het feestelijke concert in het Amsterdamse Concertgebouw. Voor aanvang stond ik naast Mabel en ik

vond het te flauw om aan haar te vragen of zij geen recht had op de erfenis van Klaas Bruinsma. Zeven miljoen is in haar kringen niet veel, maar toch... Ik hield wijselijk mijn grote bek. In de pauze stond ik zomaar opeens naast de vader van Máxima en wist niet zo gauw welk onderwerp ik aan moest snijden. In mijn zenuwen begon ik over de arrestatie van het Balkanbeest Mladic. Ik mekkerde wat clichés over 8000 doden en gerechtigheid en...

Op sublieme wijze werd ik door de oude vos onderbroken. Volgens hem was het een politieke kwestie van te lang geleden. We moesten geen oude koeien uit de sloot halen. Of ik die uitdrukking kende. Ik vertelde hem dat wij altijd zeggen: geen oude lijken uit de oceaan vissen. Hij keek me uiterst wantrouwend aan. Gelukkig ging op dat moment mijn mobieltje en vluchtte ik de gang op. Het was Neelie. Zij wist inmiddels de uitslag Manchester-Barcelona. Eindstand 2-2 en daarna wint United met penalty's. Hoofdrol voor de oude Van der Sar! Het wordt een hartverscheurend eind van zijn sprookjescarrière.

Na de pauze ben ik niet meer teruggegaan. Ik ben de vliegjes op het nummerbord van mijn auto gaan tellen. Op verzoek van een Wageningse onderzoeker. Die vroeg dat deze week. Of we na elke autorit de vliegjes op onze nummerplaat willen tellen. En als dat gevraagd wordt dan doe ik dat.

Duyselig van geluk

Even een jeugdanekdote. We gaan meer dan veertig jaar terug. Een van de hoogtepunten in het zich toen ook al dood vervelende Goois Natuurreservaat was het jaarlijkse tennistoernooi op 't Melkhuisje. In die tijd sliepen de deelnemers niet in hotels, maar nog bij Brenninkmeijerachtige families thuis. 't Melkhuisje ligt niet in een Vogelaarwijk.

Dubbelenamendames sloegen dan 's ochtends vroeg op de privétennisbaan in hun lommerrijke tuinen een balletje met Rod Laver of Tom Okker en dachten dat zij dat ook leuk vonden.

Voor ons was het tennistoernooi onbetaalbaar. Dus moesten we glippen. Hoe? Simpel: je zorgde dat je 's morgens vroeg – als de auto's van de televisie arriveerden – bij de poort stond en hielp de technici met het sjouwen van de kabels. Eenmaal binnen liet je die vallen en dan had je verder een leuke dag.

De eerste keer gaf dit een sensationeel gevoel, maar bij de derde finale zat ik me ouderwets balorig te vervelen. Ik was een gezonde puber en kwam meer voor het glippen dan voor het tennis.

Zittend op de eretribune zag ik aan de overkant de toen in Nederland wereldberoemde Willem Duys. Hij gaf op gedragen toon commentaar. Hij legde uit dat een volley een bal was die de speler in één keer uit de lucht plukte. Dus die bal had niet gestuiterd. Ook de baseline moest nog aan het volk verklaard.

Ik vroeg aan mijn vrienden wat ik kreeg als ik binnen een halfuur aan de overkant naast Duys zou zitten. De beloning zou iets met gratis bier zijn. Bier waar we allemaal nog te klein voor waren.

Al gauw stond ik bij de deur van 't Melkhuisje te overleggen met iemand van de bewaking. Dat was toen geen gorilla met een V op zijn revers, maar een lieve vrijwilliger. Een buurtvader met een hockeyhoofd.

Ik legde uit dat ik de zoon van meneer Duys was en dat ik door mijn moeder gestuurd was om hem iets te zeggen. Ik mocht door. Zoiets kan iemand niet verzinnen. Eenmaal in het huisje was de missie nog niet geslaagd. Ook voor de deur naar het balkonnetje waarop Duys zat stond controle.

Een andere raskakker. Met hem ging ik gewoon slijmpraten. Dat alles vlekkeloos verliep, dat het een internationaal toptoernooi was, iets waar Hilversum trots op mocht zijn en meer van dat soort kulcomplimentjes.

Ik haalde een drankje voor de man, wisselde nog wat details en ja hoor: hij moest naar het toilet. Of ik even wilde opletten. Natuurlijk.

Toen de man weg was schoot ik het balkon op. Ik knikte naar Duys, die niet onder de indruk was. Hij knikte vriendelijk terug. Hij had wel andere dingen aan zijn hoofd. Onder andere een gigantische koptelefoon. Terwijl Willem zijn volzinnen op het Nederlandse volk losliet zat ik op een stoeltje naast hem voorzichtig te zwaaien naar mijn vrienden.

Toen de controlevader terugkwam van het toilet wist hij niet dat ik aan de andere kant van die deur naast Willem Duys zat. Voor mij was dit als vijftienjarige sensationeel. Hoger kon ik in dit leven niet komen. Zondagmiddag, finale Melkhuisje en dan naast de grote Willem Duys op het balkon! Zonder betaald te hebben! Dat ook nog. Duys sloot na de prijsuitreiking af met een brede epiloog en vroeg toen bij wie ik eigenlijk hoorde.

'Bij niemand,' stamelde ik en legde hem stotterend uit hoe het zat. Weddenschapje. Jeugdige overmoed! Meer niet.

Nou zal meneer Duys wel heel kwaad worden, dacht ik en was klaar voor een sprintje. Het tegendeel was waar. Hij lachte, gaf me een hand, sprak de vrolijke woorden: 'Goed gedaan!' en vroeg wat ik wilde drinken.

Het werd een flesje. Een flesje Joy. Joy Sinas. En aan dat gelukzalige flesje moest ik deze week toch weer even denken. Met een hele grote glimlach.

Kinderkoersen

Dus je woont in Hardinxveld-Giessendam en je probeert je dochter van acht aan een man uit Heusden te verhuren. En die man mag tegen betaling seks met je kind hebben. Ik vraag me af om hoeveel geld het gaat. Praten we over honderden of duizenden euro's? Wat doet een kind van acht vandaag de dag? Wat is de koers? En wat doe je met dat geld? Schuifpuitje? Caravan? Dakkapel? Geef je een leuk tuinfeest van de opbrengst? Hoe danst dat? En wat staat er in het uiteindelijke contract met die man? Hoelang mag hij het kind bij zich hebben? Uren? Dagje? Lang weekend? Is het kind uitsluitend voor eigen gebruik of mag hij het delen met zijn vaste zondagmiddagpedoclubje? Mag hij opnamen van de seks maken? Krijg je als ouders van de hoofdrolspeler dan een percentage van de dvd-verkoop? Het zijn nog niet de gemakkelijkste onderhandelingen. Was graag bij zo'n gesprek tussen de ouders en die man geweest. Gewoon om de sfeer te proeven. Hoe is het woordgebruik? In gedachten hoor ik de bezorgde moeder. 'Let u wel op dat ze twee keer per dag doucht en dat ze zich goed afdroogt? Ook tussen de teen-

tjes! Ze heeft namelijk nogal aanleg voor voetschimmel! En niet te laat naar bed! Ze moet maandag namelijk weer gewoon naar school!'
Vrees ook dat veel pedo's de zaak met argusogen volgen. Toch geen slecht idee, zo'n Hollands kind. Scheelt een retourtje Bangkok.
In dezelfde krant las ik dat Amerikaanse en Britse hedgefondsen in hoog tempo Afrikaanse landbouwgrond opkopen voor ongeveer twee dollar per hectare. Twee dollar! Ze gebruiken de grond voor de biobrandstofindustrie en rekenen op een rendement van vijfentwintig procent. De beleggers hebben al een stuk land zo groot als Frankrijk in hun bezit. De landroof heeft desastreuze gevolgen voor de lokale bevolking en de voedselzekerheid in de hele wereld.
Zal zo'n bericht de geldwolven wakker schudden? Ik denk het wel! Ik vrees dat ze gaan bellen om elkaar te tippen. Afrika, daar moet je zijn. Twee dollar per hectare. Te geef. En ik denk dat ze uiteindelijk ook wel weer een kant-en-klaar verhaal hebben over hoe goed het is voor de Afrikaanse bevolking. Dat ze die mensen eigenlijk enorm vooruithelpen. Over de voedselproblematiek van de lokale hongernegers zullen ze zich weinig zorgen maken. Ze hebben daar persoonlijk ook geen last van. Ze eten daar nooit. Geen sterrenrestaurants.
Twee pagina's verder staat dat kolonel Kadhafi zijn manschappen massaal condooms en viagra gaf om de vrouwen van de tegenstanders te verkrachten. Lijkt me zo leuk als de soldaten in de boerka's geen lekkere wijven

treffen, maar stevige kerels die ze de potentiepastilles weer afhandig maken. Dat dat de oorlogsbuit wordt. Duizend kilo blauwe pillen. En dat ze uiteindelijk uit lamlendigheid en gebrek aan vrouwen in verlaten kazernes de condooms als katapult gebruiken en daarmee pillen schieten. Dat ze proberen de op de muur gespijkerde blote Playboymodellen te raken. Totale balorigheid.

Dan gaat mijn telefoon. Ik hoor helpdeskgeluiden. Een bijbeunend corpsbalmeisje vraagt of ze me een aanbieding mag doen. Ik moet loten kopen. Om de loterijmeneer nog rijker te maken?

'Nee, nee, nee,' kraait het meisje: 'U steunt louter goede doelen!'

'Zoals?' vraag ik beleefd.

'Dat kan van alles zijn. We steunen projecten voor kinderen die slachtoffer zijn van kinderporno, maar ook organisaties die Afrikaanse boeren helpen die hun land kwijt zijn geraakt of die oorlogsslachtoffers zoals verkrachte vrouwen opvangen...'

Ik leg het meisje uit dat ik niet wil omdat ik er geen flikker van geloof en leg neer. Ik kijk voor me uit. Mijn gedachten gaan naar de baas van de loterij. Hij is in conclaaf met een dure consultant. Wat hij met de winst moet? De consultant weet dat wel. Er zijn Britse en Amerikaanse hedgefondsen die hele goeie dingen in Afrika doen. Iets nieuws met energie. Enorm rendement.

Wie verstaat er Kips?

Droomde laatst over reïncarnatie. Kamerleden keerden na hun dood terug als legbatterijkip. Op elkaar gepakt zaten ze wanhopig in een goedgekeurde martelstal. De stal voldeed aan de Europese regels. De gelegde eieren werden meteen weggenomen en onder hete lampen gelegd. Die broedden sneller en tijd is geld. De kippen zaten broeds te wachten op hun dood. Ze smachtten. Smeekten zelfs. Maar wie verstaat er Kips?

Door de stallen schalde een radio. Een dj schreeuwde om de twee minuten dat het leven hartstikke leuk was. De kippen konden dit optimisme niet aan. Ze schreeuwden dat de radio uit moest. Maar de radio stond te hard om de dieren te kunnen horen. Daarbij nogmaals: wie verstaat er Kips?

Het nieuws op de radio meldde pensioenperikelen. De mensen moesten inmiddels tot hun 76ste doorwerken omdat de pensioenfondsen bijna al hun geld belegd hadden in Griekse staatsobligaties. Verder was er iets met een Duitse bacterie. Volgens een Keulse dominee had God deze bacterie naar de wereld gestuurd om miljoe-

nen bejaarden uit hun zinloze lijden te verlossen. Twee hapjes komkommer en ze waren vrij. Maar niks. De komkommers werden op last van de autoriteiten massaal doorgedraaid. Net als de taugé en de paprika's. De belangen van de rollatorboeren, de scootmobielmaffia en de pamperindustrie waren te groot. De oudjes moesten zo lang mogelijk leven. Het motto was simpel: hou de bejaardenberg hoog! Gun ze geen waardig afscheid van dit leven. Radeloos huilend moeten ze in stoelen hangen. Schreeuwend om hun moeder, krijsend naast de kanarie in een kooi. De kanarie die onderhand vertelt dat doodgaan ook niet alles is. Zeker niet met de huidige euthanasieregels. Hij was ooit vastgoedbaas en kwam terug in deze kooi in de muffe kamer van een bejaarde. De kooi waar hij tijdens zijn leven eigenlijk al in had moeten zitten. Als hij eerlijk was. Maar hij was niet eerlijk. Hij was vastgoedbaas.
Verder vertelde het nieuws dat het Nationaal Historisch Museum alsnog doorging. Halbe Zijlstra had het teveel aan declaraties aan allerhande besturen van hogescholen teruggekregen en deze miljoenen werden geïnvesteerd in Paleis Soestdijk, waarin het museum gevestigd werd. Deze tijd, het begin van de eenentwintigste eeuw, kreeg een eigen vleugel. In de voormalige werkkamer van prins Bernhard werd de Citroën van Jos Elbers, voormalig bestuursvoorzitter van Inholland, tentoongesteld. Die auto met die ingebouwde televisie. Op die televisie draaide een documentaire over prins Bernhard, die vanuit deze werkkamer zijn bedelbriefjes richting Lockheed schreef.

De in kippen gereïncarneerde Kamerleden schreeuwden of de radio uit mocht, maar de radio stond te hard om de kippen te horen. Sterker nog: hoe heftiger de kippen kakelden hoe harder de boer de radio zette. Zo moesten ze ook het nieuws over het onverdoofd slachten aanhoren. De Nederlandse Kamerleden, die hun plekken in het parlement inmiddels hadden ingenomen, waren voor een ruggenprikje. De nieuwslezer begon over de bezwaren van diverse gelovigen.

'Een ruggenprikje,' jammerden de kippen zo hard dat de varkens het konden horen.

'Een ruggenprikje! Lazer op met je tuttige ruggenprikje.' Het geluid was hels. 'En bemoei je niet met onze dood,' schreeuwden ze door elkaar. 'Hou je bezig met ons leven! Laat de varkens rollebollen in de modder en het stro omdat het varkens zijn. Leg ze niet op roosters om ze te laten wennen aan de barbecue. Laat ons kippen wippen met de haan en gezellig broeden. Geef de ganzen weer hun vleugels in plaats van pneumatisch hun levers op te pompen...'

De kippen krijsten nog harder dan de varkens en de kalfjes, waarop de boer de radio nog harder zette. Buiten zag hij twee hoofddoekjes over de dijk fietsen. Dat is ook gauw afgelopen, dacht hij bij zichzelf en vroeg zich af of Wilders die Knorr-reclame met die sirtaki dansende boeren ook niet kon verbieden.

Drangk

Zondagochtend keek ik op mijn computer naar een filmpje met een stomdronken Amy Winehouse in een zaal in Belgrado. Het was de avond ervoor opgenomen.
Het schijnt dat ze daar anderhalf uur op dat podium heeft staan murmelen. Nog knap als je zo lazarus bent. Wat je ziet is vooral meelijwekkend. De lieverd klampt zich regelmatig radeloos vast aan een van de muzikanten, die ook niet weet wat hij met de ladderzatte vedette moet. Anderhalf uur heeft men Amy laten modderen. Anderhalf uur! Waarom? Leedvermaak? Durfde niemand in te grijpen?
Toen ik het filmpje zag, realiseerde ik me dat ik het misschien wel eerder zag dan Amy zelf. Die lag waarschijnlijk in een of andere hotelsuite haar roes uit te slapen. Hoe zal ze wakker geworden zijn? Wist ze het nog? Of zette ze haar laptop aan en zag ze toen pas wat er gebeurd was? Ik zou het onmiddellijk weer op een zuipen zetten. Vooral als je je realiseert dat het incident niet beperkt blijft tot Belgrado, maar inmiddels al de hele wereld over is. En tot in lengte van dagen op internet blijft.

Ze heeft inmiddels haar tournee afgeblazen en zich voor de zoveelste keer gemeld bij een afkickkliniek. Aan die klinieken kan je ook behoorlijk verslaafd raken. De drang om te drinken. Toch lijkt dit gênante optreden voor inmiddels honderden miljoenen mensen me verstandiger dan dat je met een enorme slok op achter het stuur van een Porsche kruipt om die vervolgens met meer dan 200 kilometer per uur in een vangrail te wringen. Dat overleef je namelijk niet. Aan Ryan Dunn, ooit de Jackass-held van mijn toen puberende zoon, kunnen we het niet meer vragen.
De politie zag geen verschil meer tussen de vangrail en de Porsche. Nog een geluk dat er geen onschuldige fietser is geschept. Zag nog wat hoogtepunten uit de goede man zijn oeuvre. Toen ik hem gierend van de pret over een slapende vriend zag urineren heb ik de computer maar uitgezet en ben ik wat mooie gedichten gaan lezen. Misschien heeft men in het ziekenhuis nog een stuk of wat gloeilampen uit zijn anus gehaald. Er schijnen foto's te zijn van een aangeschoten Ryan niet lang voor hij in die Porsche stapte.
Die foto is door iemand genomen en diegene heeft hem niet tegengehouden. Niemand heeft hem zijn autosleutels afgepakt en hem op een oude sofa te tukken gelegd. Men keek toe. Net als bij Amy.
In Utrecht is in mei een dronken student gemolesteerd. De politie heeft deze week de schimmige beelden, gemaakt door een beveiligingscamera, vrijgegeven. Wat je ziet is ronduit schokkend. De beelden van de drie jon-

gens die de student om een uur of half vijf in de ochtend in elkaar trimmen, zijn al niet om aan te zien, maar op het filmpje zie je een taxichauffeur die vanuit zijn auto rustig toekijkt. En niets doet. Niet op het moment dat de jongen in elkaar geslagen wordt, maar ook niet als hij uiteindelijk als een Amy Winehouse omvalt. De man blijft in zijn auto en laat de jongen bewusteloos liggen. Bang voor een krasje op zijn Mercedes? Zelf te dronken om iets te doen? Geen idee. Hij doet niets. Wel een goede getuige lijkt me. Een getuige met schone handen.
Zag deze week veel filmpjes. Ook dat van Geert Wilders en zijn advocaat Bram die afgelopen donderdagavond in Amsterdam uit een restaurant kwamen.
Ze hadden hun overwinning gevierd. Als de auto met Geert wegrijdt, zie je wat opgeschoten jongens schreeuwen. Zo te zien hebben de jongens een jolige avond. Er zit al wat drank in. Ze schreeuwen naar de auto van de geblondeerde politicus. Geert wordt voor homo en nazi uitgemaakt. Of dronken mensen de waarheid spreken laat ik in het midden. Wel denk ik dat Geert in zijn auto genoten heeft. Dit heeft hij toch maar bereikt. Straffeloos haat zaaien! Heerlijk dat dit nu zomaar mag! Laten we daar op drinken!

Zwaaien

Grappige manifestatie op het Haagse Malieveld aan het eind van de Mars der Beschaving. Jan Mulder vroeg zich af waarom ik daar niet was. Niet solidair of zo? Jawel, maar ik moest een reclamespotje voor de ING opnemen en dat ging voor. Daarbij had ik nog een andere schnabbel. Een vriend van mij vroeg of ik een speech voor Maxime Verhagen wilde schrijven. De politieke leider van het kreupele CDA wilde duidelijker taal spreken en volgens hem was ik de man van dat soort woorden. Hij wist wel dat ik een andere politieke kleur had, maar hij wist ook dat ik katholiek was opgevoed... dus zo moeilijk moest het niet zijn. Ik zou goed betaald worden!

In eerste instantie dacht ik dat het om een practical joke ging. Ik zette me lachend achter mijn computer. Ik droomde mijn haar terug, verfde het blond en tikte uitsluitend met mijn rechterhand. Fluitend. Als een Brenninkmeijer in de oorlog.

Begrijpelijke taal voor bange bejaarden. Het woord moskee vergat ik uiteraard niet. Ik ging ervan uit dat mijn vriend om de speech zou lachen en hem op een of ander studentikoos etentje zou voorlezen. Maar hij bleek echt voor Maxime te zijn. Zonder een letter te wijzigen las de schat hem voor op een partijavondje in de provincie. En met succes. De angsthaas werd de volgende dag in de media gretig geciteerd. De PVV werd ergens zelfs niet ongeestig de Partij van Verhagen genoemd. Bij de bijna kwijlende Knevel en Van den Brink mocht hij donderdagavond alles nog eens komen uitleggen. Daar noemde hij heel verstandig niet mijn naam. 's Avonds stond hij wel op mijn voicemail. Hij was lyrisch. Zoveel succes. Dit zou de kiezer aanspreken.

Gisteren heb ik met hem geluncht. Zou eerst op een geheime locatie zijn. Hij wil namelijk niet met mij gezien worden. Uiteindelijk zaten we gewoon bij het Haagse restaurant Saur. Ik wel vermomd. Als Jack Spijkerman.

We hebben gelachen en een toekomstroute voor zijn splinterpartijtje uitgestippeld.

Jammer dat de SGP er al met het Wilhelmus als inburgeringsdingetje vandoor was gegaan. Ik schetste Maxime een Afghaanse vluchteling die samen met zijn ook gevluchte broer de tekst van ons volkslied doorneemt. In regel twee worden ze al gek. 'Ben ik van Duitsen bloed!' Hoezo? En dan eindigen met 'Den koning van Hispanje heb ik altijd geëerd'. De vluchtelingen zullen het op de Europese eenheid houden. Of misschien weten ze al dat ons koningshuis sinds eeuwen in stand wordt gehouden door Duits bloed.

Ik stelde Maxime nog wat andere inburgeringsvragen voor. Hoeveel kilo antibiotica gaat er in een Nederlandse

koe? Antwoord is 120. Voor hoeveel euro koopt PSV over vijf jaar zijn veldje terug? Antwoord is 1 euro. Wie is de meest principiële minister van deze regering? Een man die niet terugkomt op oude woorden! Antwoord is natuurlijk Leers. Maxime was het daar niet mee eens.
Hij vroeg of ik nog steeds in de grachtengordel woonde. Dat is natuurlijk wel besmet, elitair gebied voor de bevriende PVV. Ik kon hem verzekeren dat ik binnen een maand ga verhuizen.
Of ik mijn oude huis al verkocht had. Ik moest hem bekennen dat dat moeizaam gaat. Dat vond Maxime vervelend voor me. Zielig zelfs. Of hij me, naar goed CDA-gebruik, kon helpen.
Maxime fluisterde nu met zijn servet voor zijn mond. Misschien iets met de overdrachtsbelasting, stelde ik hem voor. Hij zou zijn best doen. En misschien kon hij ervoor zorgen dat ze vanaf nu op Radio 2 alleen nog Nederlands zouden draaien. Hij vond het een geweldig goed idee. Maar echt medelijden hoefde van mij niet.
Ik had niet voor niets die schnabbel bij de ING. Of dat niet schadelijk voor mijn imago was. Ik kon hem geruststellen dat ik een van de twee leeuwen in zo'n oranje pak was. Had ik al eens eerder gedaan. Toen moest ik zwaaien naar Jan Mulder.

Vangrail

Zijn Charlene en Albert nog bij elkaar? Hebben ze het de eerste week gered?
Zelden zo'n liefdeloos huwelijksvonnis geveld zien worden. Allereerst die bruidegom, die alle 793 vrouwen uit zijn dorp met wie hij een keer in de koninklijke sponde heeft gestoeid een vies knipoogje gaf. En de 324 vrouwen met wie hij het de komende jaren nog wil en zal gaan doen kregen ook een bemoedigend knikje. En dan zijn bruid, bij wie de prozac uit haar terneergeslagen ogen droop. Albert en Charlene waren samen intrigerend topamusement. Ze keken elkaar maar twee keer aan, beide keren alsof ze er al een jaar of veertig op hadden zitten. En niet in een mooi paleis, maar in de Vinex van Den Helder. Volgens de roddelpers heeft de bruid vlak voor het huwelijk drie mislukte vluchtpogingen gedaan en heeft ze van haar man niet alleen een trouwring, maar ook een enkelband van Cartier cadeau gekregen. Hij zou vlak voor het feest een derde bastaardje hebben opgebiecht. Verwekt en geboren tijdens de verloving met haar. Tijdens de dienst zei hij een keer iets tegen zijn

bruid. Hij hield zijn hand voor zijn mond. Dat is tegen de dove liplezers. Die lullen alles door aan *News of the World*. Wat hij gezegd heeft? De optimist denkt aan iets romantisch.

Ik vrees dat hij nog snel even een tweeling in een voorstad van Nice heeft bekend. Albert gaat wat buitenechtelijk spul betreft absoluut voor de Prins Bernhard Trofee. En wint die met vlag en wimpel.

In het prachtige koppie van de verdrietige bruid broeit nu een plan om op haar rug terug te zwemmen naar Zuid-Afrika. Weg van haar kale, saaie man met zijn verzuurde zusters Caroline en Stéphanie. Heeft u die gezien tijdens de dienst? De zonnetjes in het Monegaskische koninklijk huis. De overgang en diverse echtscheidingen maken dit soort vrouwen niet aantrekkelijker. Half Wassenaar en het Gooi zitten vol met dit type heks.

Wraaklustige gescheiden creditcardteefjes die verbitterd ten onder gaan aan cynisme en chardonnay. Charlene wil daar ver vandaan. Heel ver!

We kunnen haar een wandeling in Spanje aanraden. Lekker in haar uppie in een natuurgebied. En als ze de weg kwijtraakt moet ze niet met de stroom van de beek mee naar beneden, maar naar boven. De berg op. Verder de jungle in. Net als die Limburgse mevrouw naar wie zoveel mensen gezocht hebben. Tot haar ex aan toe. Al mijn gescheiden vrienden snappen daar niks van. Ben je van je vrouw en alimentatie verlost, ga je haar nog zoeken ook. Een vriend van mij opperde: misschien heeft haar ex haar wel gezien, maar heeft hij haar lekker laten zitten.

Zou dit iets voor Charlene zijn? Overleven op een dieet van gras en rozemarijn. Wordt ze nog smaller. Gaat Albert haar zoeken? Geeft hij haar een fluitje mee? Zou mooi zijn: de prins die haar terugvindt. Hoe? Helemaal alleen. Na weken onvermoeibaar zoeken. Gezeten op een wit paard!

Misschien wil ze helemaal niet bij hem weg. Wil ze juist blijven omdat ze het wel leuk vindt. Prinses van een kabouterstaat heeft ook wel weer iets geks. Misschien vallen haar schoonzussen enorm mee. Kan je gierend met ze lachen. Vooral als ze nog eens verhalen over hun avonturen met de Belgische prins Laurent, die bolle charlatan die tijdens het huwelijk op de gesponsorde rode loper languit op zijn muil ging.

Al wil ze weg, het lukt haar niet. De poppenkast heeft geen artiestenuitgang. Het volk wil sprookjes, het volk krijgt sprookjes. Het volk heeft daar al eeuwen recht op. Het volk betaalt er voor.

Op een winterse avond, bij het knetterende haardvuur, vraagt ze het diepverdrietig aan haar man.

'Jouw moeder,' fluistert ze. 'Hoe deed je moeder dat?'

Albert zal zwijgen, lang zwijgen om het uiteindelijk te zeggen: 'Het bewijs is nooit geleverd, maar: wegen hebben vangrail om levens te redden!'

Zware bevalling

Soms is het krijgen van kinderen niet makkelijk. Dan heeft hij bijvoorbeeld rechtsdraaiend sperma en zij dubbel geklutste eitjes, waardoor het niet echt soepel gaat. Gelukkig zijn de dokters steeds knapper en kan zelfs een uitgedroogde grootmoeder van in de zestig probleemloos een drieling werpen. En als oma wat variatie in de worp wil kan dat ook. Een neger, een Chinees en iets lelieblanks in één supertrio kan zomaar. Net als dat ze kan aangeven of ze alleen jongetjes, louter meisjes of een leuk gevarieerd setje wil. Kwestie van goed mengen. Stressgelovige cynici noemen het ook wel 'mengelen'.

Las over twee lesbo's die een baby wilden en bij de spermabank om het anonieme kwakje van een lange, blonde Germaan vroegen. En dat ook kregen. Naar zaad van kleine, gezette, gebrilde, raaskallende komieken is weinig tot geen vraag. Ik word wekelijks afgewezen.

De NCRV heeft nu een programma dat *Babyboom* heet. Onder aanvoering van Caroline Tensen proberen stelletjes zwanger te worden. Soms door gewoon ouderwets te neuken, maar meestal met een beetje hulp van een deskundige dokter. De camera is er, behalve bij dat neuken, telkens bij. Dat moet je wel willen. Elke keer zo'n cameraploeg in de spreekkamer lijkt me al heel irritant, maar dan ook nog die Caroline Tensen. Dan maar kinderloos. Waarom wil je iets intiems als een zwangerschap delen met de kijkers? En wat voor kijkers? Naar dit soort programma's kijken uitsluitend randdebielen die ook aan de buis gekluisterd zitten bij *Boer zoekt Vrouw*. Dit volk wil je toch zo ver mogelijk van je bed houden?

Eerlijk gezegd begrijp ik ook de dokters niet. Dat ze hier aan meewerken. Dat ze niet zeggen: 'Flikker eens op. Ik ben arts! Geen artiest! Dan was ik wel naar de Kleinkunstacademie gegaan!' Maar volgens mij staan de artsen te trappelen. Die ijdelheid zullen ze uitleggen als een stukje informatie naar de patiënten toe! Geldt in dit geval het begrip beroepsgeheim niet meer?

Dat denk ik trouwens ook bij de zwaar gehavende prikkeldraadkont van een wielrenner. Een reet waar de media massaal op mochten inzoomen. We weten nu alles van de coureur, zelfs hoeveel pijnstillers hij geslikt heeft. Normaal zijn die jongens veel terughoudender over wat ze zoal allemaal innemen rond een grote ronde als de Tour.

Terug naar NCRV's *Babyboom*. Deze week ging Caroline met een paar stelletjes naar Afrika. Ook belangrijk! Dat de kijker uit Zeewolde ziet hoe het qua bevallen toegaat in Afrika. Dat gaat trouwens stukken onhygiënischer dan in het Maasstad Ziekenhuis in Rotterdam. Hier in Afrika hebben de resistente bacteriën een eigen harmo-

nie en squashclub onder de behandeltafels.
Die Caroline kon er natuurlijk ook niks aan doen dat net op de dag van de uitzending grote holle Afrikaanse kinderogen ons via alle media smekend aankeken, maar het maakte de boel wel erg gênant. Dat het verschil tussen onze en de derde wereld schrijnend is weten we, maar om nou met een bus vol redacteuren, cameramensen, geluidsboeren, productietypes en Caroline Tensen te komen kijken naar hun vieze kraambedjes... Terwijl die mensen smachten naar een lepel koude rijst. Dat is ronduit stuitend. Hun leed als ons amusement. Op zo'n cameraploeg zitten die mensen op dit moment toch niet te wachten?
Twee werelden ontmoetten elkaar. Ons domme televisieamusement en hun knagende honger. Onze superluxe gezondheidszorg versus hun radeloze armoede. Voor dit soort programma's hebben wij dus geld. Terwijl door PVV en VVD op de ontwikkelingshulp gekort wordt. Waarom? Omdat het crisis is! Het is hier crisis. Heel erg crisis.
Toch heeft het ook iets godvergeten brutaals: eerst iemand sturen die namens onze regering de geldkraan dichtdraait en dan langskomen met een totaal overbodig bevallingsprogramma! Als ik daar woonde had ik die Tensen met mijn auto zo het prikkeldraad in gesneden en met 33 hechtingen richting Europa gestuurd. Dit alles onder het motto: Zware bevalling, dus veel hechtingen!

Arme Ben!

Ben Knapen, onze huidige staatssecretaris voor Ontwikkelingssamenwerking, was ooit hoofdredacteur van deze krant. Zodoende heb ik als columnist een keer met hem gesproken over mijn salaris. Hij kwam zonder geld naar Amsterdam. Ik trok daaruit mijn conclusie en diende mijn ontslag in. Opeens bleek Ben een zak vol poen in de auto te hebben. Vond ik grappig.

Ik moest daar aan denken toen ik begreep dat Ben deze week zonder centen naar de crepeernegers in Afrika ging. Dat is een ander tochtje dan naar een weldoorvoede columnist in de Amsterdamse grachtengordel. Wat zeg je tegen die huilende mensen? Dat Nederland geen geld heeft omdat het crisis is? Dat we onze snelwegen net aan het verbreden zijn omdat we zo'n last hebben van files? Of zeg je gewoon dat we natuurlijk wel geld hebben, heel veel zelfs, maar dat dat niet voor hen is. Principieel niet. En zeg je dat je zelf een partij vertegenwoordigt die de door Jezus gepredikte naastenliefde hoog in het vaandel heeft staan en dat je dus eigenlijk niet anders kan dan helpen, maar dat je afhankelijk bent van je baas? En

Geert is de baas. En Geert en zijn achterban houden niet van bedelende negers. In hun kringen worden dat profiteurs genoemd. Die negers moeten werken voor hun geld. Net als Henk en Ingrid.

Het lijkt me zwaar voor Ben. Dat je oog in oog staat met mensen die weken gelopen hebben door stoffige woestijnen. En die liepen niet alleen, maar samen met hun ondervoede grut. Dat is weer eens wat anders dan de Nijmeegse Vierdaagse. Voor hen geen gladiolen. Amper een lepel koude rijst en een doek boven hun hoofd. Een doek tegen de zinderende zon. Niks meer.

Het lijkt me zwaar voor Ben om tegen die mensen te moeten zeggen dat hij een beroep op zijn volk zal doen. Of ze iets op Giro 555 willen storten. Maar dat dat tegen kan vallen omdat zijn volk net met vakantie gaat. De rijen op de luchthaven zijn op dit ogenblik langer dan ooit. Ja, ze komen ook jullie kant op, maar dan meer aan het strand...

Die mensen zullen zwijgen. Van de honger, van de verbazing, van de radeloosheid. Van alles. Ze weten wat hier is. Ze weten wat we hebben. De iPhones en de iPads zijn in ons land niet aan te slepen. Iedereen heeft een vloed aan apps tot zijn beschikking. Iedereen weet elke seconde waar zijn Facebook-vrienden uithangen. Dat kan je zien op je schermpje. Jan zit in café De Schele Tijger met negen vrienden starnakel bezopen te worden. Dat weten we van elkaar. Maar de duizenden creperende hongernegers staan niet op de schermpjes. Waarschijnlijk omdat er geen bereik is in de woestijn. Te weinig masten.

Het lijkt me zwaar voor Ben om dat uit te moeten leggen. Niet alleen aan die mensen, maar ook thuis. Aan vrienden bij een etentje. Aan je kinderen voor het slapengaan. Dat je tegen hongerlijers hebt moet liegen dat het geld er niet is. Het geld is er wel, maar we zijn te gierig om het weg te geven. We hebben democratisch besloten het zelf te houden.
Ben heeft nu oog in oog met ze gestaan en de mededeling moeten doen. Geen geld. Sorry! Namens ons. Een volk dat zich natuurlijk gewoon moet schamen.
Heel even hoop ik dat Ben daar in Afrika teruggelopen is naar de auto, de achterbak heeft opengedaan en alsnog is teruggekeerd met dat wat die mensen toekomt. Die zak met geld. Die zak met eten en drinken! Die allereerste levensbehoeften. En dat hij heeft gezegd: 'Sorry, het was een vergissing. Ik vertegenwoordig een beschaving!'
Laatst liep een zootje kunstenaars een mars voor hun eigen hachie. Dit werd de 'Mars der Beschaving' genoemd. Nu zou een vierdaagse op zijn plek zijn. De 'Mars van de Schaamte'. Zo rijk en dan met lege handen die kant op... Arme Ben.

Tattootakelen

Mijn zoon wees me op een foto van Cabauter Wesley, die een foeilelijke afbeelding van zijn vrouw op zijn buik heeft laten tatoeëren. Weet eerlijk gezegd niet zeker of het zijn vrouw wel is. Op het internetplaatje leek ze meer op de *Zangeres zonder Naam* in haar allerlaatste dagen. Maar ik ga ervan uit dat de tatoeëerder Yolanthe bedoeld heeft.
Moest denken aan het beeld op de Amsterdamse Albert Cuyp waar een bordje bij staat dat deze klomp brons André Hazes voor moet stellen. Ook zo lelijk. Dat bordje is geen luxe. Je denkt eerder te maken te hebben met de heteroseksuele, licht verstandelijk gehandicapte broer van George Michael dan met Dré. Het beeld is besteld via internet en gemaakt door de een of andere dronken afhaalchinees. Misschien moet Wes ook de naam van Yootje eronder laten zetten. Voor de duidelijkheid. Voor hij het weet gaan allerlei heksen claimen dat zij het zijn!
Ik begrijp dat zo'n tatoeage een bewijs van liefde is. Zo schijnt Yolanthe een lange regel over Wes op haar lichaam te hebben. En Jan Smit heeft ook weer iets over

Yolanthe op zijn lijf. Of zal hij dat er al af hebben laten laseren?
De afbeelding van Yolanthe op de buik van de voetballer is niet mals. Ik bedoel: die is zo groot dat hij haar er nooit meer af krijgt gegumd. Nou hoop ik uiteraard dat de tekening nooit verwijderd hoeft te worden. Als ik dit supersetje iets gun dan is het eeuwige liefde. Maar stel dat het toch misgaat. Dat een van de twee iemand anders tegenkomt. Dat Wes op een zekere dag vlinders onder de tatoeage van zijn vrouw voelt. Niet voor Yo, maar voor een andere lieftallige dame. En stel dat dat doorzet! Dat dat wat wordt! Wat dan?
Dan heeft die nieuwe dame een Wes met een foeilelijk portret van zijn ex op zijn buik. Dat vrijt niet vrolijk. Dat wakkert het vuur niet aan. Een klein tattootje kan weg. Zeelui weten al jaren: van een meisjesnaam is zo een bloem of een bootje gemaakt. Maar deze is zo groot. Alleen een stoma kan de boel ooit camoufleren. Ben blij dat ik tattooloos in het leven sta. Heb in de loop van mijn aardse bestaan best wel wat inkt aan mijn liefdes besteed, maar uitsluitend op papier. Aan mijn lijf geen polonaise. En zover ik weet sier ikzelf ook geen dameslijf. Ik moet daar aan denken nu ik op het punt sta om voor de zoveelste keer in mijn leven te verhuizen. Ik houd grote schoonmaak in mijn kasten en papieren archieven. Ik vond daar nog wat oude liefdesbrieven terug. Vurige, maar ook hele boze. Scheldkanonnades van furieuze exen. Meestal terecht. Dan had ik weer iets ondraaglijks geflikt.

De brieven hebben een aantal huizen overleefd, maar nu heb ik ze vernietigd. Eerst verscheurd en toen in grote blauwe vuilniszakken aan de weg gezet. En erbij gestaan om te zien dat ze in de vuilniswagen verpulverd werden. Beter voor mij en voor de door mij nog altijd in vertedering gekoesterde exen. De woorden gaan niemand iets aan. Ze zijn gezegd en geschreven, beluisterd en gelezen en ze hebben hun waarde gehad. Goed dat ik ze niet verder hoef mee te torsen. Maar wat ben ik blij dat mijn lijf leeg is. Geen ex op mijn rug of reet. Wat lijkt me dat erg. Ook al weet ik dat een tatoeage niks weegt vrees ik toch dat hij uiteindelijk loodzwaar op je gaat drukken. Een geestelijke hernia, die geen psychiater kan genezen, tot gevolg.
Scheel en scheef van het dozen pakken loop ik door het huis. Moe en murw van het weggooien van veel te veel rotzooi. Een vriend van mij zei: 'Dat had je door Polen moeten laten doen.' Waarop ik antwoordde: 'Of door een gestoorde Noor. Die goed is in opruimen.'

Lenen, lenen...

De NS vaart vandaag ook mee met de gezellige nichtenboottocht door de Amsterdamse Prinsengracht. Ik denk als laatste. Ik vrees dat het bootje langsvaart als iedereen al weg is. Gewoon een half uurtje later dan de rest. Vertraging. Door het herfstige weer zijn er bladeren in de schroef gekomen. Hadden ze niet op gerekend. Het was de laatste tijd ongewoon guur geweest voor de tijd van het jaar. Vandaar de blaadjes. En daar was de NS niet op voorbereid. Sorry.
Een woordvoerder van de Spoorwegen vertelt later dat het aan Pro Rail ligt. Te zwakke motor. Te oude schroef. Pro Rail ontkent.
Ik hoop maar dat het vandaag allemaal goed afloopt in Amsterdam. Eerlijk gezegd vrees ik een bloedbad. Vorig weekend heeft de Amsterdamse politie een stevige matpartij tussen twee brommerclubs kunnen voorkomen, maar de heren schijnen toch uit te zijn op een heuse confrontatie. En dit weekend gaat het gebeuren. Ergens in de Amsterdamse binnenstad. Stel dat het de Regulierdwarsstraat wordt. De homostraat bij uitstek. De ene

club komt met wild geraas van de ene kant het straatje binnengereden en de andere dendert recht tegen ze in. Brullende brommers. En daartussen honderden onschuldige, zomerse kortebroekhomo's met een glaasje koude sancerre in de hand. Ze worden vermorzeld. Het wordt een nieuw Utøya. Wereldnieuws. Een onthutste Rutte meldt dat hij dit niet had zien aankomen. Net als Maxime en Geert. Complete verrassing. Trix is diep geraakt. Máxima, toch een beetje de nieuwe homomoeder des vaderlands, is ontroostbaar.

Terwijl ik deze fantasie op mijn beeldscherm tik schudt de financiële wereld op zijn grondvesten. Kelderende koersen. Sommige rijken worden per minuut miljoenen armer. En echte armen hoeven nergens meer op te rekenen. Vroeger werden ze door de winter geholpen door vermogende, schuldbewuste rijken, maar helaas! Die zijn failliet. Bankroet. Bankiers halen zelf het eind van de zomer niet. Ze hangen aan de bruggen over de Prinsengracht, waar boten vol joelnichten onderdoor varen. De financiële wereld kraakt werkelijk overal. Niet meer alleen in Griekenland, Ierland en Portugal, maar ook in de VS, Italië en Spanje. Uitzichtloze situaties. Regeringsleiders schreeuwen radeloos door elkaar heen. Wordt de euro opgeheven? Knalt de dollar uit elkaar? Moet je nu met je oude sieraden naar de lommerd of louche goudhandelaren? Schuldenplafonds worden opgehoogd en opgehoogd tot onneembare alpen, drukpersen kotsen het geld de wereld in. Ik leg mijn kinderen uit wat er in de jaren dertig van de vorige eeuw gebeurde. Een half brood voor zes miljoen.

‘Wordt het oorlog?’ vragen mijn kinderen ongerust. ‘Ik weet het niet, ik ben maar een eenvoudige columnist met acht jaar mavo,’ antwoord ik bescheiden als altijd. Maar ik vertel ze dat ik wel ongerust ben. En goed ongerust ook. Ooit had ik een liedje dat Lenen, lenen, betalen, betalen heette. Dat was in 1984. Het is nu actueler dan ooit. Het begon met Scheringa met zijn gebakken luchtbankje en nu is de hele wereld eigenlijk totaal failliet. ‘Wordt het oorlog?’ herhalen mijn kinderen. Ik vertel ze dat ik Lenen, lenen, betalen, betalen wil gaan vertalen in het Italiaans, Grieks, Portugees, Engels, Spaans... dat ik hoop op een hit, dat heel Europa danst op dit ritmische nummer. Een hit die mij uit mijn eigen financiële shit kan trekken. Hoop ik. Bid ik. Smeek ik.
‘Wordt het oorlog?’ schreeuwen mijn kinderen.
‘Ja,’ fluister ik verward. Het wordt oorlog. Zaterdag 6 augustus 2011! In Amsterdam. De Harley’s tegen de Davidsons. Met honderden nichten als slachtoffer. Een bloedbad en niemand weet waar de ruzie om gaat. Waarschijnlijk om geld. Of om een meisje. Alle ruzies gaan daar namelijk altijd over. Geld of meisjes! Iets anders is er niet om ruzie over te maken. Alleen de homoseksuele NS’ers hebben geluk. Zij overleven de ramp. Door technische omstandigheden waren zij namelijk een half uurtje later.’

Wolven

Henk nam zijn oude moeder mee naar het Rotterdamse Maasstad Ziekenhuis.
'Ik ben toch niet ziek?' vroeg de oude vrouw.
'Nee,' zei Henk, 'maar we gaan even op bezoek.'
'Bij wie dan?' vroeg het oudje.
'Bij meneer De Vries,' zei Henk.
'Maar ik ken geen De Vries,' schreeuwde de moeder inmiddels in de hal van het ziekenhuis.
'Ze is een beetje in de war,' lachte de zoon naar de nieuwsgierige omstanders en hij raadde zijn moeder aan om alles goed aan te raken.
'Ik wil gewoon naar huis!' krijste het oudje. 'Naar huis, naar huis en nog eens naar huis!'
'Dit is een humane missie. Er zijn veel mensen die nooit of te nimmer visite krijgen en die gaan wij blij maken, mama.'
Opeens zag Henk Paul Smits door de gang schieten. Paul was de directeur van dit ziekenhuis.
Hij herkende hem onmiddellijk uit de krant. Paul droeg een zware koffer. Een hele zware koffer.

‘Mag ik u wat vragen?’ Henk stond pal voor de overduidelijk haastige directeur. ‘Weet u waar de afdeling Intensive Care is?’

‘Geen idee,’ hijgde Paul. ‘Daarbij werk ik hier niet meer. Misschien kunt u mij even helpen met het sjouwen van deze koffer. Volgens Adje Scheepbouwer was deze koffer niet zwaar, maar die is dit soort bonuskoffers gewend.’

‘Kon het geld niet gegireerd?’ vroeg Henk.

‘Gezien de huidige situatie van de banken leek het me beter als ik het contant kreeg. Als u mijn koffer sjouwt wijs ik u de weg naar de IC!’

‘Neemt u dan mijn moeder bij de arm?’ grijnsde Henk, die meteen even vroeg hoe besmettelijk het bacterietje was.

‘Geen idee,’ sprak Paul. ‘Tot twee dagen geleden wist ik niet eens dat we last van dat beestje hadden. Ik ben aangenomen om het ziekenhuis meer werk te bezorgen. Meer patiënten en meer behandelingen. En we zaten lekker in de lift. Er werd goed doorgestuurd. Iemand die voor een gipsen poot kwam eindigde kotsend op de afdeling Interne. Dus…’

‘Mag ik mijn moeder zomaar even langs een paar patiënten sturen? Dat ze ze sterkte wenst en even een klein kusje geeft? Moeder doet graag goed.’

‘Op de IC is geen bezoekregeling. Alleen bij stervenden is bezoek toegestaan. En het is nogal druk de laatste tijd.’

‘Maar kunt u voor moeder geen uitzondering maken? Ze heeft veel pech de laatste tijd. Ben nog met haar op werkbezoek naar Duitsland geweest, maar die EHEC-bacterie hapte niet toe.’

'U moet hier naar links, aan het eind van de gang de lift in, dan naar de drie en daar is het.'
'Doet u voorzichtig met tillen?' lachte Henk. 'Straks gaat u nog door uw rug en moet u naar een ziekenhuis. Dan gaat u zeker hierheen? Plek zat. Het heeft al de bijnaam Inholland. En wat wilt u na uw dood? Gewoon begraven? Dom gecremeerd? Of laat u zich milieuvriendelijk cryomeren? Resomeren kan ook!'
'Geen idee,' zweette Paul, 'eerst deze koffer thuis zien te krijgen. Houdt u wel uw moeder in de gaten? Straks stapt ze in de verkeerde lift en komt ze op Geriatrie.'
'Daar is ze al geweest,' zei Henk, 'maar daar is ze weggestuurd. Ze was nog helemaal goed. Ondanks het feit dat ze vertelde dat er 2,3 miljard jaar geleden twee manen op elkaar gelazerd zijn en dat je met een winkelmandje aan je arm meer snoep koopt dan wanneer je een winkelwagentje voortduwt.'
'En niet ziek geworden?' trilde Paul, 'geen longontsteking of rare wondinfectie? Daar begint het namelijk mee! U wilt van uw moeder af hè? Grote erfenis zeker? Vuile geldwolf!'
'Wat zegt u?' vroeg Henk.
'Vuile geldwolf,' antwoordde Paul iets duidelijker.
Waarop de moeder zei: 'Ik ben zo blij dat ik doof ben!'

Colofon

Wie verstaat er Kips? van Youp van 't Hek werd in de herfst van 2011, in opdracht van Uitgeverij Thomas Rap, gezet uit de Minion door CeevanWee, Amsterdam en gedrukt bij drukkerij Wöhrmann, Zutphen. Omslagontwerp Rudo Hartman.

De columns verschenen eerder in NRC *Handelsblad*.

Eerste druk oktober 2011
Tweede druk december 2011

ISBN 978 90 6005 860 2